講談社文庫

侵蝕

奥右筆秘帳

上田秀人

講談社

目次

奥右筆秘帳

侵蝕《しんしょく》

◆『侵蝕——奥右筆秘帳』の主要登場人物◆

立花併右衛門《たちばなへいえもん》　奥右筆組頭《おくゆうひっくみがしら》として幕政の闇に触れる。麻布箪笥町《あざぶたんすまち》に屋敷がある旗本。

柊《ひいらぎ》　衛悟《えいご》　立花家の隣家の次男。併右衛門から護衛役を頼まれた若き剣術遣《つか》い。

瑞紀《みずき》　併右衛門の気丈な一人娘。

大久保典膳《おおくぼてんぜん》　涼天覚清流《りょうてんかくしんりゅう》の大久保道場の主。剣禅一如《けんぜんいちにょ》を旨《むね》とする衛悟の師匠。

上田《うえだ》　聖《ちから》　大久保道場の師範代。黒田《くろだ》藩の小荷駄支配役《こにだしはいやく》。衛悟の剣友。

加藤仁左衛門《かとうにざえもん》　併右衛門と同役の奥右筆組頭。幕府の書付いっさいを扱う。

田村一郎兵衛《たむらいちろうひょうえ》　老中太田備中守資愛《おおたびっちゅうのかみすけよし》の留守居役《るすいやく》。

小松帯刀《こまつたてわき》　薩摩《さつま》藩島津《しまづ》家の江戸家老。薩摩の小領主である一所持《いっしょもち》の家柄。

徳川家斉《とくがわいえなり》　十一代将軍。御三卿一橋《ごさんきょうひとつばし》家の出身。大勢の子をなす。

茂姫《しげひめ》　家斉の御台所《みだいどころ》。薩摩藩八代藩主・島津重豪《しげひで》の三女。

松平　越中守定信《まつだいらえっちゅうのかみさだのぶ》　奥州《おうしゅう》白河《しらかわ》藩主。老中として寛政《かんせい》の改革を進めたが、現在は溜間詰《たまりのまづめ》。

一橋民部卿治済《みんぶきょうはるさだ》　権中納言《ごんちゅうなごん》。家斉の実父。幕政に介入し、敵対した定信を失脚させた。

冥府防人《めいふさきもり》　鬼神流《きじんりゅう》を名乗る居合い抜きの達人。大太刀で衛悟の前に立ちはだかる。

絹《きぬ》　冥府防人の妹。一橋治済を〝お館《やかた》さま〟と呼び、寵愛を受ける。

村垣源内《むらがきげんない》　妹の香枝《かえ》とともに家斉に仕えるお庭番。根来流《ねごろりゅう》忍術の遣い手。

覚蝉《かくぜん》　上野寛永寺《かんえいじ》の俊才だったが酒と女に溺《おぼ》れ、願人坊主《がんにんぼうず》に。衛悟の知人。

藤田《ふじた》　栄《さかえ》（藤栄《ふじえ》）　御台所付き女中として大奥に送り込まれた浪人者の娘。

第一章　女の城

一

十一代将軍徳川家斉《とくがわいえなり》は、奇声によって目覚めさせられた。

「まだやっておるのか」

不機嫌そうに家斉は、頰《ほお》をゆがめた。

家斉の耳に届いているのは、大奥女中による武芸朝稽古《あさげいこ》であった。

男子禁制の大奥には、別式女《べっしきめ》と呼ばれる女武芸者たちがいた。

見目で争う大奥女中のなかで、筋骨隆々たる別式女は異様な存在であった。大奥を幕府にたとえると、別式女は番方《ばんかた》にあたる。しかし、身分は旗本たちと違って低かった。

かろうじて雑用係のお末《すえ》より上ではあるが、目見え以下の身分であり、四石一人扶《ぶ》持《ち》合力金五両と、表でもっとも貧しい伊賀組《いがぐみ》よりも俸給は少なかった。

別式女たちの任は、お火の番として夜中大奥を警邏《けいら》するだけでなく、将軍と御台《みだい》所《どころ》、そして世継ぎたちの警固《けいご》を担当していた。

旗本や御家人の娘から選ばれるが、武芸で身をたてているだけに、近来の武士よりも刀鎗のあつかいはうまかった。

薩摩島津《さつましまづ》から嫁に来た茂姫《しげひめ》は、武張った家風で育ったせいか、別式女たちをかわいがり、早朝の稽古も奨励していた。

「大奥に来たときくらい、ゆっくり寝させてもらいたいの」

家斉が嘆息した。

将軍が飾りものになって何十年と経《た》つ。なにひとつ決められたことに不服を言うこともできず、しきたりと慣習に縛《しば》られる。

女好きと陰口を叩《たた》かれる家斉といえども、幕府の決めた忌《い》み日には大奥で夜を過ごすことは許されず、中奥御休息の間で独り寝を強いられる。忌み日とは、代々の将軍あるいは、徳川家の先祖の祥月命日《しょうつき》のことで、十一代ともなるとかなりの日があたっていた。

「なにより、いまどき躬《み》の命を狙う者などおりはせぬ。三代将軍家光《いえみつ》さままでならいざ知らず、躬を殺したところで、徳川はびくともせぬ。さっさと十二代をどこからか用意して、変わらぬ毎日を続けるだけじゃ」

将軍の務めは政《まつりごと》ではなくなっていた。お家騒動を招かないように子供を作る。それだけが家斉に求められた仕事であった。

「寝直すか」

大きく寝返りをうって家斉は、ようやく気がついた。

「そうか。昨日は御台と過ごしたのであったの」

家斉に寄り添うようにして、御台所の茂姫が小さく口を開けて寝ていた。

将軍の夜伽《よとぎ》をして朝までともに同じ臥所《ふしど》で就寝できるのは、御台所だけである。側室たちは将軍家の子供を産まないかぎり、使用人としての立場であり、ことがすめば己《おのれ》の寝所へ戻るのが決まりであった。

かといって、家斉が独り寝できるわけではなかった。夜具を共にすることの許されぬ中﨟《ちゅうろう》、家斉の手を拒む女が部屋の隅に横たわっている。

世に言うお清《きよ》の中﨟であった。お清の中﨟の役目は二つあった。

一つめは、家斉が側室と戯《たわむ》れている間背を向けながらも、二人の睦言《むつごと》に耳をそばだて、翌朝、会話のいっさいを上臈《じょうろう》に報告することである。これは側室が身内の出世などを家斉にねだらぬよう監視するためであった。

そして二つめが、側室の去ったあと家斉の雑用に応じるためである。

「何刻《なんどき》かの」

弓矢鉄砲を警戒して、御台所の寝所には窓がない。家斉にはすでに夜が明けているのか、まだ夜中なのかさえわからなかった。

有明の光に浮かぶ妻の顔を、家斉は見おろした。

「堅いおなごじゃ」

茂姫の身体《からだ》に触れながら、家斉がつぶやいた。

御台所茂姫は、家斉と同じく安永《あんえい》二年（一七七三）生まれ、今年寛政《かんせい》九年（一七九七）で二十四歳になる。去年、家斉にとって五男になる敦之助《あつのすけ》を産んでいた。

「もう少し肉《しし》豊かなのが、抱くにはよいのだがの」

家斉は茂姫の薄い乳房をなでた。

「まあ、茂も躬の妻になりたくてなったわけではない。いわば敵地にひとしい大奥へ人質にやられたようなもの。いつくしんでやらねばならぬ」

茂姫は幕府最大の敵、薩摩藩主島津重豪《しげひで》の三女である。

家斉との付き合いは長い。三歳で一橋豊千代《ひとつばしとよちよ》と名のっていた家斉と婚約、一橋館で同居し始めた、いわば幼馴染《おさななじ》みであった。家斉が十代将軍家治《いえはる》の養子となって、江戸城へ入ることとなったとき、外様《とざま》の出自《しゅつじ》が問題となり婚約破棄寸前までいった。なんとか、五摂《ごせっ》家近衛《このえ》家の養女とすることで、嫁入りしてきた。

まだ前髪を結い、江戸城ではなく一橋館にいたころから女に手を出し、いままでに十人をこえるお手つきを作った家斉であったが、大奥でもっとも足繁《あししげ》くかよったのは、茂姫であった。

「……あう」

身体を触られて、茂姫が動いた。

「なにをなされまするか。もう、朝でございまする」

目覚めた茂姫が、家斉を咎《とが》めた。

「いかぬのか。躬は妻に精を放ちたいだけなのだ」

側室が伽する場にはかならずつく立ち会いの中﨟も、御台所との臥所にはいなかった。それこそ、起床の刻限になるまで誰も来ない。

「昨夜も……」

茂姫のあらがいは形だけであった。

「そろそろお起きなされてもよろしゅうございましょう」

家斉がのしかかったとき、茂姫付きの中﨟が、襖《ふすま》の向こうから声をかけた。

「まだ、入りな」

襖を開けようとした中﨟を茂姫が止めた。

「なれど、刻限でございますれば」

「う、上様の御用中……じゃ」

息を弾ませながら、茂姫が命じた。

大奥の主《あるじ》は御台所である。将軍といえども大奥では客あつかいされた。その一言は絶対である。

「ご命とあれば」

中﨟が引いた。

御台所の命は慣習さえ曲げられた。

「よい。入れ」

茂姫の許可は、小半刻《こはんとき》（約三〇分）ほどでおりた。

するすると襖が開けられ、中﨟が礼をした。

「御台さま、上様。お目覚めなされて、ご機嫌うるわしく」

「うむ」

満足そうに、家斉が首肯《しゆこう》した。

「御台さまの御髪《おぐし》を」

お髪上げの中﨟が、枕元へ座った。御台所は朝、最初に髪を整える。そのおり、横《おう》臥《が》したまま中﨟に任せるのが決まりであった。

「上様は、御休息の間へお出ましくださりますように」

先導する中﨟が、家斉を急《せ》かした。

「ああ。では、御台。後ほどの」

家斉は寝間着の前を開けたまま、寝所を出た。このあと大奥にある将軍の休息所で着替えと洗面をすませ、御台所茂姫とそろって先祖の仏壇を拝むのだ。

「後ほどお待ちいたしております」

横になったまま、茂姫が見送った。

「うむ」

家斉は機嫌のいい茂姫に首肯して、御休息の間へ向かった。

大奥の廊下は薄暗い。先導する中﨟の背中を目印に家斉は進んだ。

「ええい」

「やあ」

黄色い気合いは将軍家御休息の間近くでも聞こえていた。

「番方よりも熱心ではないか」

おもわず家斉はつぶやいた。

すでに武家の表芸が剣術でなくなって久しい。旗本や御家人でさえ、太刀を重たがって細身に替える時代である。小姓番組《こしょうばんぐみ》、書院番組、大番組など武をもって仕える番方でさえ、早朝の鍛錬《たんれん》などやってはいなかった。

「余も言えぬか」

武士の統領である将軍も剣術の稽古をしない。

表向き将軍家剣術指南役として、柳生《やぎゅう》、小野《おの》の両家があったが、ともに名ばかりのものとなり、型を披露するだけの存在となっていた。

「そのうち、いざ鎌倉で駆けつけるのは、紅引いた者だけになるやもな」

家斉は苦笑した。

大奥別式女の修行は、きびしい。早朝七つ（午前四時ごろ）に起床し、半刻（約一時間）で夜具を片づけ、身支度《みじたく》をおこない、長局《ながつぼね》脇の広場に集合、おのおのの得物《えもの》を持ってたっぷり一刻（約二時間）汗を掻《か》く。当番の者は、ここであがり水を浴びて身を清めた後、大奥の巡回、あるいは御台所の警固につくが、非番の者は本式の鍛錬に移った。

朝食をすませたあと、昼まで延々と稽古を続けるのだ。得物は御殿内での戦いを想定して、小太刀を主とするが、長刀なども使った。

表の番士と試合することもなく、また女の身では道場に通うこともできないので、その実力のほどは知られていなかったが、皆かなりの遣《つか》い手《て》であった。

「ふらついておる」

稽古を見ているのは、古参別式女であった。いかに長く大奥にいようとも、別式女の出世はなく、身分は火の番のままであった。

「腰が甘い。そのようなことで人が斬れるか」

長年の稽古で男のように太くなった腕で、軽々と竹刀を振り、若い別式女の尻を叩《たた》く。

「はっ」

叩かれた若い別式女は、一礼して、助言を聞いた。

「大奥は男子禁制である。その大奥の安寧《あんねい》を守るのは、我ら別式女のみ。いわば、我らの腕に御台所さま、上様のお命がかかっておるのだ」

「はい」

古参の話に、若い別式女が首肯した。

「嫁にもいけず、里で居づらい思いをせねばならぬところを、大奥へ仕えさせていただき、禄米までちょうだいしておる。そのご恩を忘れるな」

「忘れませぬ」

「あってはならぬことであるが、万一曲者《くせもの》が大奥へ入りこみ、御台所さま、上様、若君、姫さまがたに害をなそうとしたを止めれば、一同の名誉はもちろんのこと、それぞれの里も相応の恩賞にあずかれよう」

大奥女中のてがらは実家の栄達につながった。

「命惜しみませぬ」

若い別式女が宣した。

毎朝、おこなわれる訓令の間も、別式女たちは稽古を休むことはなかった。

奥右筆《おくゆうひつ》部屋は老中の執務室である上の御用部屋と廊下を挟んで反対にある。幕府の公式な文書すべてをとりあつかうだけに、若年寄といえども許しなく入ることはできなかった。

「大奥御台所さま付き中臈松音《まつね》さまよりのお文箱でございまする」

勝手入室厳禁の奥右筆部屋へ断りもなく入ってきたのは、大奥に仕える女坊主であった。男子禁制の大奥と表を繋《つな》ぐお鈴《すず》廊下を唯一自在に行き来できるのが、女坊主であった。女坊主は御殿坊主と同じ格を与えられ、御用部屋はもちろん、奥右筆部屋へも出入りが許されていた。

「お預かりを」

奥右筆部屋に常駐している御殿坊主が手を出した。

御殿坊主は城中いっさいの雑用を受け持つ。江戸城のどの部屋にでも出入りすることができ、老中といえども御殿坊主の機嫌をそこねれば、お茶さえ飲めなかった。お目見えもできないが、大名、要職の役人らと親しく話せることから、かなり大きな力をもっていた。

「いえ、松音さまより直接組頭《くみがしら》どのへお渡しするようにと、厳に命じられておりますれば」

女坊主が御殿坊主の手をはねのけた。

「これは……」

一瞬憤怒《ふんぬ》を顔に浮かべた御殿坊主だったが、そのまま退いた。

江戸城中でもっとも幅をきかせている御殿坊主でさえ、大奥にはさからえなかった。将軍の私《し》である大奥は、公《おおやけ》たる表の権力でも手だしすることができなかった。

「組頭どの」

近づいてきた女坊主に立花併右衛門《たちばなへいえもん》は苦い顔をした。

奥右筆は、幕府における書付《かきつけ》のすべてを検閲する権限を持っていた。老中奉書であろうが、将軍家斉の実家一橋家の願いであろうが、奥右筆の花押《かおう》なくしてはなんの効力ももたないのだ。尾張紀州《おわりきしゅう》などの御三家さえ奥右筆への心付けをおこたらない。しかし、大奥は何一つ届けてきたことはないくせに、いつも無理難題を押しつけてきた。かといって、大奥の書付をいつまでも放置しておくと、嫌がらせをうけることになり、下手すれば役目をうしなうこともあった。

「役目ではなく厄目よな」

陰でそう言われるほど、大奥の書付は嫌われていた。

「なにかの、お坊主どの」

「あらたに御台所さま付き女中がご奉公へとあがりました。ついては、俸禄の支給を早急に手配いたすようにとのお申しつけにございまする」

女坊主が文箱の紐《ひも》をほどき始めた。

大奥で使う文箱は、幾重にも紐が巻きつけられ、中身を出すのにかなりの手間が要《い》った。

便所へ行くひまさえないほど忙しい奥右筆である。わざととしか思えない女坊主の態度に併右衛門はいらだったが、それを見せるほど若くはなかった。

「そちらの箱へお入れ願いたい」

さっさと今あつかっている書類へ併右衛門は、目を落とした。

「御台所さまの御用を、他のものと同一にいたすというか」

女坊主が金切り声を上げた。

「ここ奥右筆部屋にある書付は、すべて御上の御用でござる」

併右衛門は女坊主へ顔を向けることなく言った。

「たとえ台所役人の申し状といえども、すべからくお城のため。いわば上様の御用でござる」

まなじりを吊《つ》りあげている女坊主を気にすることなく、併右衛門は述べた。

「今すぐにと言われても、奥右筆部屋に回されてくる書付は、どれも火急のものばかりでござれば、順をお待ちくだされ」

「その言葉、お中臈さまにまんまお伝えいたしてよろしいな」

脅《おど》しを女坊主がかけた。

「お役目のこと、どのようにでも」

応えながら、併右衛門は、御殿坊主に目配せした。

御殿坊主は気働きが仕事である。すぐに併右衛門の意図をくんだ。

「お任せになられませ。組頭さまが御台所さまの悪いようになさるはずはございませぬ」

言いながら近づいた御殿坊主が、女坊主の耳元でささやいた。

「あなたさまの身上書もここにあるのでございますぞ。ご実家にことをおよぼされるおつもりか」

「それは……」

女坊主が絶句した。併右衛門へ向けていた厳しいまなざしが、おびえに変わった。

大奥に奉公する女のほとんどは、御家人旗本の娘である。将軍家のお手つきならばいざしらず、女坊主くらいならば、奥右筆の筆一本で実家を潰《つぶ》すこともできた。

「よ、よしなに頼みましたぞ」

大奥の権力を借りていた女坊主が、あわてて奥右筆部屋を出ていった。

「冬庵《とうあん》どの。ご苦労でござった」

併右衛門は御殿坊主をねぎらった。

「いえ」

冬庵が、軽く頭をさげた。御殿坊主の出世も奥右筆の筆一つで、早くもなり遅くもなる。加賀《かが》百万石の主前田家《まえだけ》にさえ遠慮しない御殿坊主が、奥右筆にだけは気を遣った。

「さて、なにを申して来たのやら」

漆《うるし》の箱から併右衛門は、大奥の書付を取りあげた。

女坊主をあしらったが、併右衛門も老練な役人である。大奥を本気で敵に回す気などさらさらなかった。多忙なところに割りこむ権利があると勘違いしていた女坊主に思いしらせることで、余計な仕事を増やしてくれた大奥へのうっぷんを晴らしただけなのだ。

「御台所さまご実家筋より女中一人お迎え入れにつき、俸禄支給の手続きを求める。これはお広敷《ひろしき》から回すべき書類ではないか」

併右衛門はあきれた。

お広敷とは、大奥の用件いっさいをとりあつかうところである。お広敷用人は若年寄支配で四百石高、扱いにくい大奥を担当するだけあって、人あしらいに慣れた老練な旗本が任命された。

大奥女中の管理もお広敷の任であった。宿下がりから、死亡、出世などの報告もお広敷用人からあげられるのが決まりであった。

「御台所さまからのものとすれば、早急にことが進むと考えたのでござろう」

同役の加藤仁左衛門《かとうにざえもん》が口を出した。

「やれやれ。ならば、菓子折の一つも用意して欲しいものでございますな」

悪びれることなく、併右衛門は言った。

奥右筆に要望を却下する権限は与えられていない。ただ書式に不備がないかどうかを見、必要とあれば前例を調べて添付するだけの仕事である。それでいて老中さえ気を遣うにはわけがあった。

どの書付をいつ扱うかは奥右筆の筆次第なのだ。たとえ老中の出したものでも、奥右筆が取りあげないかぎり、ないも同然であった。この権限は五代将軍に就任した徳川綱吉《つなよし》が、奥右筆を老中たちへ移っていた権力を奪いかえす目的で設置したことによっていた。

どのような用件でも奥右筆がずっと手にしなければ、何年でも放置される。大名家にとって、これは恐怖であった。家督相続願いが遅らされている間に当主に万一があれば、末期《まつご》相続の形となりかねない。末期相続は、国替え、減封されるのが通例である。大名たちは、奥右筆の機嫌を損なってはならぬと、季節季節の付け届けはもちろん、書付を出したおりの気遣いをおこたらなかった。

「もらうことになれてはいても、出すことは知らぬのでございましょうなあ。大奥は特別でございますから」

加藤仁左衛門も嘆息した。

大奥の成立は三代将軍家光《いえみつ》のころとされている。初代家康《いえやす》、二代秀忠《ひでただ》のころは、まだ表と奥の区別もゆるやかで、老中や若年寄、あるいは親藩の藩主なども出入りできていた。それを変えたのが三代将軍家光の乳母春日局《かすがのつぼね》であった。

春日局は、織田信長《おだのぶなが》に仕えた美濃《みの》の武将斎藤利三《さいとうとしみつ》の娘であった。本来ならば、同格の武将に嫁入りし、子を産み、育てという平穏な一生を送るはずであった。

しかし、父斎藤利三が本能寺の変を起こした明智光秀《あけちみつひで》に与《くみ》したことで、大きく運命が変わってしまった。明智光秀の旗揚げは、織田信長と嫡男信忠《のぶただ》を葬り去ることに成功したが、羽柴秀吉《はしばひでよし》、のちの豊臣《とよとみ》秀吉によって征討された。斎藤利三も捕まり、京を引き回しにされたうえ、六条河原で磔《はりつけ》、首が晒《さら》された。

有力な武将の姫から、謀反人《むほんにん》の娘へと急落した春日局は、一族の稲葉重道《いなばしげみち》のもとへ身を寄せ、その婿養子《むこようし》稲葉正成《まさなり》の継室となった。

肩身の狭い思いで生きていた春日局に、第二の転機が訪れたのは、慶長《けいちょう》九年（一六〇四）のことであった。二代将軍秀忠の嫡男、家光の乳母公募の高札を見た春日局は、これに応募、採用された。

稲葉正成と別れて、江戸城にあがった春日局は、家光に忠節を尽くした。なにより、春日局最高の功績は、家光を三代将軍にしたことである。

二代将軍秀忠とその妻お江与《えよ》の方は、長男家光より次男忠長《ただなが》を寵愛《ちょうあい》していた。三代将軍の座を忠長への姿勢を見せ始めた秀忠に絶望した家光が自殺しようとしたこともあり、危惧《きぐ》を抱いた春日局は、行動に出た。

駿河《するが》に隠居した家康を単身訪れた春日局は、家光の将軍就任を哀訴した。

このおかげで家光は三代将軍となることができた。

いわば、家光最大の功臣である。家光から母と呼ばれ、江戸城一の権力者となった春日局は、将軍の私《し》である大奥を確立させ、表の支配から切り離した。

男子禁制と定められた大奥に表の権力は立ち入れなくなった。一方で大奥は表へ介入した。睦言で表の人事に口を出したのである。

「誰某《たれがし》は、老中にふさわしくございませぬ」

「旗本の誰某は、有能なお方と聞いておりまする」

愛妾からささやかれた将軍が、老中を罷免《ひめん》し、旗本を取りたてる。

睨《にら》まれては助からぬと、老中までもが機嫌取りに走ったことで、大奥は増長した。

「うぬ」

新しい女中の詳細を読んでいた併右衛門はうなった。

「どうなされた」

じっと見ていた加藤仁左衛門が問うた。

「いや、いきなり呉服《ごふく》の間詰《まづめ》にと」

併右衛門が答えた。

呉服の間詰とは御台所、将軍の衣服を仕立てるところである。仕事柄採寸などもおこなうので、御台所や将軍に近づくことができ、目通りも許されていた。よほど身元がしっかりしているか、何年も大奥で勤めあげ、縫いものの腕を見こまれでもしないかぎり、つける役職ではなかった。ましてや陪臣《ばいしん》である薩摩藩士の娘がなることはありえなかった。

「御台所さまのご実家筋でござろう」

加藤仁左衛門が確認した。

「薩摩島津家江戸詰藩士の娘とありますな」

もう一度併右衛門は書付を確認した。

「となれば、呉服の間でも不思議ではございませぬな。御台所さま付きであれば、ありえぬことではございますまい」

ゆっくりと加藤仁左衛門が述べた。

将軍の御台所は、その多くが内親王や五摂家の姫であった。身分は従二位内大臣征夷大将軍でしかない徳川宗家より高いが、禄高は少なく生活は質素である。雇い入れている女中の数も少なく、江戸へ輿《こし》入れといったところで、連れてくる人員はさほどなかった。

それが大名家の姫となると話が違った。将軍の妻になるほどの家柄となれば、石高も数十万石をこえ、家臣の数も十分である。嫁入りには相当な数の女中を伴ってきた。とくに身の回りを担う者には、気心の知れた家中の娘を用いた。

「なるほど」

併右衛門は納得した顔で、書付に署名を入れ、諾《だく》の付箋《ふせん》をつけ、老中へと届けさせることにした。

「金奉行、米奉行、薪炭《しんたん》奉行へ書付を回してやらねばなりませぬな。狭川《さがわ》」

併右衛門が配下を呼んだ。

「これを三部写し、金奉行、米奉行、薪炭奉行へ渡してやれ」

大奥女中の俸給は、切り米、合力金、薪炭支給の三本立てであった。

「すぐにでございまするか」

「今日中にな」

嫌そうな顔の配下に、併右衛門は仕事を押しつけた。

二

柊《ひいらぎ》衛悟《えいご》の日常に、ほんの少し変化があった。

数日前、敵の手に捕らえられたのを救出してから、隣家立花併右衛門の娘瑞紀《みずき》の態度が柔らかくなった。

「お昼もお寄りなされませ」

瑞紀が中食《ちゅうじき》を出してくれるようになったのだ。

衛悟は柊家の次男である。柊家は三河《みかわ》以来のお家柄とはいえ、禄高は二百石、旗本とは名ばかりの貧乏暮らしであった。当主である兄賢悟《けんご》が評定所与力《ひょうじょうしょよりき》として出務しているおかげで、役料が入るとはいえ、三代続いた小普請《こぶしん》暮らしで、柊家の台所は火の車であった。

とても次男の婿入りに持参金を用意できる状態ではなく、衛悟は毎日実家の隅で縮こまっていきていた。

そんな、実家に身の置きどころのない衛悟に、助け船を出してくれたのが立花併右衛門であった。役目柄身辺を狙われることのある併右衛門は、剣しか能のない衛悟に用心棒をさせ、小遣い銭をくれた。

送り迎えなどで立花家へ出入りすることが増えた衛悟に、瑞紀は夕食を出してくれるようになった。厄介者《やっかいもの》として、毎日茶碗盛りきりの飯一膳と汁物だけの生活をしている衛悟にとって、裕福な立花家の夕餉《ゆうげ》は大のご馳走《ちそう》であった。それが昼餉《ひるげ》にもおよんだのである。

「かたじけない」

衛悟は喜んで受けた。

剣術に打ちこんでいる衛悟の日常は判で押したように同じであった。早朝、冷や飯に水だけの朝食をすませ、道場へ出て、昼まで稽古に汗を流したあと帰宅。兄嫁の目を盗んで飯を喰《く》い、台所脇の小部屋で午睡、夕刻併右衛門の迎えに出る。それが変わった。

「義姉上《あねうえ》を気にすることなく飯が喰える」

衛悟はうれしかった。

当主である兄に子供ができるまで、衛悟のあつかいもよかった。お控えさまと呼ばれ、兄と変わらぬ待遇を受けていた。それが、兄に男子が生まれるなり、激変した。母屋に与えられていた部屋を取りあげられ、食事も使用人同様になった。

剣術以外に飯を喰うしか楽しみのなかった衛悟にとって、それは辛い日々だった。

「あとは養子先だけか」

道場へ向かいながら、衛悟はつぶやいた。

衛悟を雇うについて、併右衛門は給金以外に養子先の手配も約束していた。

戦《いくさ》がなくなって百有余年、武士は手柄をたてる機会を失った。そのうえ、泰平によって贅沢《ぜいたく》になり、生活は苦しくなった。大名はおろか、幕府も、あらたに仕官をさせるなどは論外、人減らしにやっきである。

別家ができないとなれば、旗本の次男以降は養子に行くしかない。それこそ一つの養子先に数十人が群がる状況になっていた。奥右筆組頭という実力者の推薦は、願ってもなかった。

衛悟のかよう涼天覚清流《りょうてんかくしんりゅう》大久保道場《おおくぼどうじょう》までは、ゆっくり歩いて小半刻（約三〇分）ほどである。棟割り長屋を三軒ぶち抜いた大久保道場は、小さく、門人も少なかった。

「早いな」

すでに師範代の上田聖《うえだちから》が来ていた。

上田聖は九州福岡黒田《くろだ》五十二万石の藩士である。代々江戸詰《づめ》で小荷駄支配《こにだしはい》、百石を得ていた。

「少し近いからな」

道場の床を拭いている弟弟子の動きを見ながら、上田聖が応えた。

「あとで頼めるか」

入門以来からの友人である上田聖に、衛悟は稽古をつけてくれと申しこんだ。

「いいとも。こいつらの面倒を見てからでいいな」

「ああ。手伝うぞ」

衛悟は道場の控えで褌《ふんどし》一つになると、水を浴びに行った。

剣術を生活の手段と公言している道場主大久保典膳《てんぜん》は、道場など神聖なものではない、稽古をおこなう場でしかないと常々《つねづね》公言していた。それでいて稽古前に体を清めさせるのは精神修養の一つと考えているからであった。

夏でも冬でも、素裸で水を浴びれば、身内が引き締まり、集中力が高められる。そこで稽古を始めれば、散漫とならず、怪我《けが》をすることも少なかった。

「お願いいたしまする」

身体を拭いて稽古着に着替えた衛悟のもとへ、弟弟子がやって来た。

「おう」

衛悟は愛用の竹刀《しない》を手にした。

馬の裏革に割竹を包んだ竹刀は、当たったところで大きな怪我をすることはなかった。

道場の左隅で衛悟は竹刀を青眼に構えた。

涼天覚清流は、上段からの一刀両断を極意としている。それなのに衛悟が青眼にとったのは、稽古をつけてやる立場だからである。

道場で、兄弟子は弟弟子の面倒をみることが当然であった。とくに上田聖に続き、名札二番の位置にいる衛悟には、多くの弟弟子たちが群がってくる。

「参れ」

衛悟が声をかけた。

稽古では、格下から動くのが礼儀である。

「はい」

竹刀を上段にあげた弟弟子が、一気に踏みこんで来た。

「えいやああ」

真っ向から竹刀を振りおろす。

「遠い」

衛悟は半歩退いただけで、これを流した。

「あつっ」

勢い余って弟弟子が床を叩き、竹刀を落とした。

「間合いを思いきって詰めよ。鍔《つば》で敵の額《ひたい》を撃つつもりでなければ、刃は届かぬぞ」

竹刀を拾いあげた弟弟子に衛悟は教えた。

初めて真剣で戦ったとき、衛悟も腕が縮んで切っ先が伸びなかった。

「真剣勝負では腕が縮む。もっと間合いが遠くなる。もう一歩前に出る癖をつけねば、役にたたぬ」

「ありがとうございました」

「次、お願いいたしまする」

入れ替わって別の弟弟子が頭をさげた。

「北村《きたむら》か」

衛悟は首肯した。

北村はここ近年急激に腕を伸ばしていた。いずれ上田聖、衛悟にかわって道場を支える人材になると期待されていた。

竹刀稽古の間合いは二間（約三・六メートル）である。互いに一歩踏みだせば、切っ先は十分相手に届く。

「参る」

北村が竹刀をあげた。

「来い」

応じた衛悟は、右脇構えに変えた。稽古をつけるというより、北村の成長を衛悟は確かめたくなった。

「おうやあ」

気合いを発して、北村が踏みこんだ。

「…………」

衛悟も踏みこんで、竹刀を振りあげた。

後ろに下がって間合いを開けるのは、初心相手に有効であっても、そこそこ遣える者にはよくなかった。下がるために重心を後ろへ傾けると、前へ出にくくなり、攻撃が少し遅れる。そこにつけこまれては、多少の腕の差などなくなる。

甲高《かんだか》い音がして、竹刀がぶつかった。

「ああ」

北村の手から竹刀が飛んだ。

「いい踏みこみだったが、手の内があまい。初年のおり、なぜ道場のぞうきんがけをさせられたのか、もう一度考えてみよ」

衛悟は、北村をさとした。

「はっ」

北村が順番を譲った。

「わたくしにも」

入ったばかりの弟弟子が、手をあげた。

「よし。教えてやる」

衛悟は竹刀を羽目板《はめいた》に立てかけた。

まだ前髪のとれない幼い弟弟子の背後にまわり、両手を添えた。

「竹刀は左手で持て。右手にあまり力を入れるな」

「はい」

「両手に力を入れれば、身体の筋が堅くなり、かえって動きが鈍くなる。右手は、竹刀が敵へ当たる瞬間に絞り込むよう握るのだ。こうすれば、威力は強くなり、骨ごと敵を断つことができる」

やさしく衛悟は教えた。

「はい」

緊張している弟弟子は、返答するだけで手一杯のようであった。

「振ってみよ」

衛悟に言われて、弟弟子が素振りを始めた。

いつのまにか道場に出てきた大久保典膳が、じっと衛悟を見ていた。

稽古は午前中が決まりである。正午まで半刻（約一時間）をきったところで、上田聖が近づいてきた。

「やるか」

「おうよ」

衛悟は、応じた。

「師範代と柊さんがやるぞ」

残っていた弟子たちが、興奮した。

道場筆頭と次席の稽古は、試合にひとしい。弟子たちは急いで道場左右の羽目板際にさがった。

「…………」

大久保典膳は黙って二人を見ていた。

衛悟と上田聖は、道場中央で対峙《たいじ》した。

「お願いいたす」

今度は衛悟が稽古をつけてもらうのだ。竹刀を構える前に、衛悟は礼をした。

「……おう」

上田聖が答礼を返した。

衛悟は青眼にとると、二歩さがった。

「…………」

無言で上田聖も青眼に構えた。

身体の中心に太刀を置く青眼は、守りの形であった。左右上下どこからの攻撃でも対応できる。しかし、打って出るには一度竹刀を上段にあげるか、下段におろすか、左右へ引くかしなければならない。

　一撃必殺を旨《むね》とする涼天覚清流では、あまり使わない構えであったが、相手の変化に対応しやすい。

　衛悟には勝たなければいけない相手がいた。

　冥府《めいふ》防人《さきもり》、あきらかな偽名の剣士である。

　御前《ごぜん》と名のる人物に仕えている冥府防人と衛悟は何度か刃《やいば》をかわした。かろうじて生き延びはしたが、いずれも衛悟の負けであった。

　併右衛門が御前に屈しないかぎり、いつまた冥府防人と戦うことになるかわからないのだ。今までは見逃してくれたが、次もそうだとはかぎらなかった。

　衛悟は冥府防人との戦いを脳裏に描いた。

「変わらぬか」

　大久保典膳が気づいた。

「幻は幻でしかない。聖に誰かを投影しているようだが……聖は聖ぞ」

　眼を細めて大久保典膳がつぶやいた。

「参る」

青眼を下段にして、衛悟は宣した。

「…………」

聖は青眼のまま、無言であった。

上段からの撃ちこみを基本としている涼天覚清流で下段はまず使われない。

衛悟は走った。

間合いが二間をきったところで、衛悟は大きく踏みこみ、しっかりと膝《ひざ》を曲げた。

急激に姿勢を低くした衛悟は、道場の床をするようにして竹刀を跳ねあげた。

竹刀は勢いを増して、聖の太股を襲った。

「ふん」

聖が、大きく後ろに跳んで、かわした。

「……よし」

衛悟は聖の動きを読んでいた。竹刀に引っ張られるように身体を伸びあがらせ、そのまま聖の頭上へ一撃をみまった。

「ほう」

見ていた弟子たちが嘆息したほどの流れるような一閃《いっせん》は、あっさりと聖に防がれた。

「ぬん」

跳びながら、聖は竹刀を頭上に横たえていた。

「ちっ」

舌打ちしながらも衛悟は止まらなかった。そのまま体当たりを敢行した。

「なんの」

体軀《たいく》で聖は、衛悟より二回り大きい。しっかりと衛悟を受け止め、はじき返した。

「ぐっう」

飛ばされたように、衛悟は羽目板に背を打ちつけた。

「それまで」

大久保典膳が手をあげた。

「なんだ」

「見えたか」

弟子たちがざわついた。

「柊さんが下段から上段の二撃を出されたのだ」

北村が述べた。

「あの一瞬にか」

「疾《はや》い……」

聞かされた弟子が、息を呑《の》んだ。

大久保典膳がゆっくり道場の中央へ出てきた。

「衛悟」

「はっ」

衛悟はあわてて起きあがり、膝をついた。

「幻には勝ったか」

言われて衛悟は絶句した。

「一同、本日の稽古は終わりじゃ。拭き掃除は、衛悟にさせる。今日は帰ってよいぞ」

固唾《かたず》を呑んで見ていた弟子たちが、拍子抜けした顔をした。

「おぬしたちには、まだ早いわ」

大久保典膳が弟子たちを急かした。

「先生……」

北村が大久保典膳に近づいた。

「わたくしにもお教え願えませぬか」

「ふうむ。おぬし、衛悟の動きが見えたようじゃが……やめておけ。せっかくよい剣術の筋をもっておるのだ。わざわざゆがめることもあるまいて」

大久保典膳は北村の要求を退けた。

道場で師範の言葉は絶対である。北村は後ろ髪を引かれるように、なんども振り返りながら道場を出ていった。

道場から人がいなくなるのを待って、大久保典膳が衛悟に話しかけた。

「あいつか」

「…………」

言われて衛悟は無言で首肯した。

すでに大久保典膳と上田聖は、衛悟から刺客と戦った経緯《いきさつ》を聞かされていた。

「聖」

「はっ。下段が軽すぎるように思えましたゆえ、見せ太刀ではないかと」

大久保典膳の問いかけに、聖が応えた。

「うむ」

満足そうに大久保がうなずいた。

「衛悟、わかったか」

「…………」

衛悟は応えられなかった。

先日の戦いで冥府防人は、衛悟決死の一撃をおもしろい工夫だと評した。決死の一撃を軽くあしらわれたことに、衛悟は愕然《がくぜん》とし、あらたな技を求めた。それが今のであった。

「浅いのだ、おまえは」

冷静な声で大久保典膳が告げた。

「…………」

考え抜いた工夫を浅いと言われて、衛悟は呆然《ぼうぜん》となった。

「命を賭けての戦いに生き残っていることは認めてやる。死なない。これこそ剣士が求める究極の目的だからの」

大久保典膳が言った。

「衛悟、何人殺した」

「おそらく十人以上は……」

問われて衛悟は答えた。

「聖、おまえはどうだ」

「四人斬りました」

上田聖も述べた。

「儂《わし》は五十にはいかぬが、数十人の命を奪った」

初めて大久保典膳が述べた。

「数十……」

おもわず衛悟は目を見張った。

一人斬っただけで、衛悟は我を失いかけたのだ。大久保典膳のいう数がどれほどすごいか、衛悟はよくわかった。

「儂はそのすべてを覚えておる」

「はい」

「わたくしも」

衛悟と上田聖も同意した。

「人を斬る。それは重いことだ。しかし、剣を使う者ならば、かならず経験せねばならぬことでもある。いかにこねくりまわしたところで、剣術は人を殺す技。道場での稽古はいわば、畳《たたみ》のうえの水練。水の持つ抵抗、息ができぬ恐怖、これはじっさいに経験してみぬとわからぬこと。畳のうえでいかにうまく抜き手ができたところで、水に入って溺《おぼ》れては意味がない。剣も同じ。千日竹刀を振ったところで、真剣を抜いて振ることができなければ無駄でしかない」

大久保典膳が語った。

「だからといって、人を斬ればいいというものではない。人を斬る。すなわち命を奪うことは、ただ一人のことではすまぬ。相手にも親はある。妻や子がおるやも知れぬ。それら周囲のことを含めて、命を断つ。それを理解せねばならぬ」

二人の弟子は、師匠の話に聞き入った。

「だが、まちがえてはいかぬ。儂が言いたいのは、安易に人を斬るなとのことぞ。命狙い来る者に遠慮は要らぬ。ためらいは剣士として致命傷になる。勝ってこそ意味があるのだ。敗死など剣士としてもっとも情けなき死にざま。死んだ剣士には弊履《へいり》ほどの価値もない。生きていてこそ、人は侍たりえ、剣士たりえるのだ」

強い口調で大久保典膳が断じた。

「衛悟よ。おぬしが工夫を重ねたことはよい。しかし、虚実がわかっておらぬ」

「虚実でございまするか」

衛悟が問うた。

「うむ。剣には虚と実がある。虚は実の影よ」

「実の影……」

言われて衛悟は反芻《はんすう》した。

「聖もわかっておらぬようじゃな」

大久保典膳が、上田聖に目をやった。

「見せ太刀という言葉におまえたちは惑わされているようじゃ」

大きく大久保典膳が嘆息した。

「たしかに見せ太刀とは、剣の一手よ。かわされるあるいは防がれることを前提に撃ち、それに対応しようとした敵の動きに乗じて、二の太刀でしとめる」

一刀目で敵を下がらせ、その隙《すき》につけこんで追い打ちをかけるなどがそうだ。剣の心得のない者、肚《はら》の据《す》わらぬ者に対して、かなり有効な技であった。

「見せ太刀は影だと考えておろう」

大久保典膳の確認に、二人は首肯した。

「違うのだ。見せ太刀はたしかに虚。虚は影。ならば、問う。実のない影はありえるのか。影が先に生まれ、後から実が生じることがあるのか」

「あっ」

「なるほどに」

二人は顔を見あわせた。

「虚の次に実が来るのではない。実があって、初めて虚は生きる。わかるか」

言われて衛悟は目から鱗《うろこ》が落ちた気がした。

「はい」

強く衛悟は首を縦に振った。

「よし。今一度、試合《しあ》ってみよ」

師の命で、衛悟と上田聖は、ふたたび向きあった。

「お願いいたす」

「おう」

師の合図で試合が始まった。

衛悟は竹刀を最初から下段に取った。上田聖は青眼の形を崩さなかった。

息を整えて、衛悟は心を落ちつかせた。

「ええええい」

裂帛《れっぱく》の気合いを吐きながら衛悟が右足を大きく前へと踏みだした。両膝を折るような気持ちで、腰を落とす。衛悟は腰を曲げて身体を前のめりにすると、竹刀で聖の下腹部を狙った。

「…………」

無言で上田聖が、これを受けた。

衛悟は止められた竹刀を手元に引くことなくそのまま滑らせた。横たえられた上田聖の竹刀、その切っ先へと衛悟の得物が走った。

「なんの」

上田聖が上から竹刀を押した。力で衛悟の竹刀を落とすつもりであった。

「ぬん」

切っ先をこえたところで、衛悟は竹刀を斜め右上へと跳ねた。

「やらせぬ」

首を襲った竹刀を、上田聖は後ろに引いて流した。

衛悟の姿勢は、まだ地を這《は》うような状態であった。かわされた竹刀は勢いのまま、聖の頭上へと抜けていくはずだった。しかし、竹刀の動きは上田聖の目元で止まった。衛悟の腕が伸びきっていた。

「ちええい」

全身をたわめたみょうな姿勢から衛悟は、竹刀を回した。

「それまで」

大久保典膳の制止がかかった。

長年身体に刻みこまれた言葉である。衛悟の竹刀も、動きかけていた上田聖も止まった。

「終わりにいたせ」

重ねて大久保典膳が命じた。

「はっ」

まず衛悟が腰を曲げたまま足だけで離れ、姿勢を正した。上田聖も竹刀を左手に持ちかえ、切っ先を後ろへと向けた。

「わかったか」

「少しではございまするが」

訊《き》かれて衛悟は述べた。

「ふん。相変わらず鈍い奴じゃ。まあ、よい。衛悟、床拭きをいたしておけ」

大久保典膳が道場を出ていった。

「すまなかったな」

衛悟は、上田聖に一礼した。

「いや。いい経験をさせてもらった」

上田聖が首を振った。

「実のもとに虚はあるか。まだまだ修行の途中よな」

「ああ」

ぞうきんを絞りながら、衛悟も認めた。

「やはり、すごいな」

竹刀を棚に戻した上田聖がつぶやいた。

「かなわぬ」

衛悟も同意した。

先ほどの試合、大久保典膳が止めていなければ、まちがいなく衛悟と上田聖、どちらかが、いや両方とも怪我を負っていた。

木刀にくらべて安全な竹刀とはいえ、衛悟や上田聖ほどの遣い手があつかえば、十分な凶器になった。

刹那《せつな》遅ければ、衛悟の竹刀が上田聖の顔を、上田聖の竹刀が衛悟の頭頂を、襲っていた。

「師にくらべれば、あやつも……」

衛悟はほんの少し光明を見つけた気がした。

三

奥右筆組頭は激務である。役人の退勤時刻暮れ七つ（午後四時ごろ）になっても、帰り支度はもちろん、休憩すら取れなかった。

「小田原藩《おだわらはん》大久保家より、箱根《はこね》関所番交代の届け出」

「道中奉行へ報《しら》せよ」

「普請奉行より、寛永寺《かんえいじ》修復の木材見積もり」

「勘定衆伺《うかが》い方《かた》へ回せ」

次々と配下が告げてくる用件に、併右衛門は応えた。

「お坊主どの、これを早急に御老中さまへ」

書き終えた書類を併右衛門が、御殿坊主に渡した。老中の執務に刻限はなかった。月番老中の一人は遅くまで御用部屋に居残る。

「お預かりいたしまする」

ちらと書付に御殿坊主が目を落とした。

奥右筆部屋はもちろん、御用部屋にも出入りできる御殿坊主は、たやすく幕府の機密にふれることができた。

御殿坊主はこうして手に入れた情報を、利害ある大名や役人にひそかに耳打ちし、金をもらうのだ。とくにお手伝いという名の夫役でばくだいな金を費やさせられる大名にとって、幕府が計画している普請の内容は少しでも早く手に入れたかった。詳細を知れば、あらかじめ老中などへ音物《いんぶつ》を贈り、担当からはずしてもらうこともできるからである。

「急ぎで頼みますぞ」

併右衛門は御殿坊主の行為を咎《とが》めず、ただ急かした。

「はい」

あわてて奥右筆部屋を御殿坊主が出ていった。

出たところで、御殿坊主がゆっくりと書付の内容を読むとわかっているが、併右衛門は止めようと思わなかった。

武官の集まりであった幕府も、いまや文官の支配下にある。刀や槍のかわりに、筆と墨が武士の表道具になった。

役人が幅をきかすようになれば、かならず出てくるのが腐敗であった。紙一枚で家が潰れるとなれば、誰もが役人の機嫌を取る。賄賂《わいろ》付け届けが横行した。さして役高の多くない奥右筆組頭の立花併右衛門が裕福なのは、その余得を存分に受けとっているからであった。

併右衛門は己《おのれ》の利を捨てる気も、他人の儲《もう》けを邪魔するつもりもなかった。

「お先に失礼いたしまする」

暮れ六つ（午後六時ごろ）近くになると、さすがの奥右筆も仕事を終える。江戸城諸門の門限に引っかかっては、なにかとややこしいからであった。

「どれ、儂も帰るといたそうか」

併右衛門も筆を洗い、文箱を閉じた。

「お疲れでござった」

まだ仕事をするらしい加藤仁左衛門に見送られて、併右衛門は奥右筆部屋を出た。

「あまり待たせてはかわいそうだの」

桜田門外《さくらだもんがい》まで迎えに来ているであろう衛悟のことを併右衛門は思った。

仕度部屋である下部屋で弁当箱や煙管《キセル》などの私物を手にした併右衛門は中之口御門《なかのくちごもん》を出た。

「奥右筆、たしか立花とか申したの」

中之口御門を出たところで、併右衛門は声をかけられた。

「これは、白河侯《しらかわこう》さま」

あわてて併右衛門が足を止め、頭をさげた。

併右衛門を呼び止めたのは、奥州白河藩主松平越中守定信《まつだいらえっちゅうのかみさだのぶ》であった。

老中筆頭を辞した松平定信は、将軍家の諮問衆《しもんしゅう》である溜間詰《たまりのまづめ》大名として、連日登城していた。

「久しいの、壮健であるか」

松平定信が、併右衛門の側《そば》に来た。

職責の都合上、奥右筆には中立が求められる。併右衛門も長くどの老中、若年寄に膝を屈することなくつとめてきた。

しかし、職務のかかわりで幕府の秘事に触れた併右衛門は御前と名のる謎の貴人から命を狙われた。やむをえず、併右衛門は不偏不党の誓いを捨て、御用部屋から身を退いたとはいえ将軍家の一門として隠然たる影響力を持つ、松平定信の庇護《ひご》を求めた。

「かたじけないお言葉。越中守さまにもご壮健のご様子。なによりと存じまする」

併右衛門も挨拶《あいさつ》を返した。

表向き二人の関係は秘されている。併右衛門は、出世街道からはずれた上司へ役人が向ける敬意と敬遠を身にまとった。

「どうぞ、お先に」

同行はおそれおおいと、併右衛門が足を止めた。

「そう嫌がるでないわ」

松平定信が苦笑した。

「帰るところか」

「はい」

下城時刻を過ぎている。人影はまばらであった。

「そこまで一緒に参ろう。いろいろ聞かせてくれ。昨今の情勢をな」

歩きながら話そうと定信が誘った。

将軍家からの諮問に答えるといえば、聞こえはいいが、ようは、将軍の話し相手でしかなかった。じっさいにはなんの権力も与えられていない。溜間詰は徳川で格別な家柄に与えられる名誉でしかなく、閑職であった。

「はあ」

気の進まない顔で併右衛門が半歩遅れて従った。

「なにかあるか」

あたりをはばかる声で定信が訊《き》いた。

「今日、大奥より新規女中お抱えの報せが参りましてございまする」

「大奥か。それがどうかしたのか」

小声で告げる併右衛門に定信が問うた。大奥には数百をこえる女中がいた。お目見え以上は旗本の娘から選ばれ、親の葬儀と病気療養以外では里帰りも許されない終生奉公であるが、それ以下はいつでも辞めることができた。人が辞めれば、とうぜん補充される。表同様、大奥も慣習に縛られている。決められた人員を保たなければならなかった。

「目見え以下ではございませぬ」

「ほう。目見え以上か。しかし、めずらしいというほどのことではあるまい」

定信が言った。

「御台所さまのご実家より、呉服の間詰として参りましてございまする」

「……島津からか」

一瞬定信が思案した。

「みょうよな。御台所茂姫さまが、上様のもとへ嫁いでこられたのは、寛政元年（一七八九）のこと」

「茂姫さまは、安永五年（一七七六）に上様とご婚約、天明《てんめい》元年（一七八一）には本丸へ、移られておられまする」

さすがに併右衛門は細かいことも覚えていた。

「薩摩から女中を率いて来られるなら、そのおりに連れてきておられるか」

「……はい」

定信の疑問に、併右衛門もうなずいた。

「最近、大奥を出た女中はおらぬのか」

「呉服の間ではおりませぬ」

併右衛門は定信の問いたいことを的確に把握していた。

「いまごろ追加とは気になるな」

定信が足を止めた。

「よし、併右衛門。調べておくように」

言い残して、定信は大手門へと進んでいった。併右衛門の屋敷は麻布《あざぶ》箪笥《たんす》町《まち》にある。桜田門がもっとも近い。ここからは帰路が違った。

「ご無礼を」

去っていく定信の姿が消えるまで、併右衛門は頭をさげ続けた。

定信に捕まったことで、併右衛門は桜田門の門限に間に合わなかった。

もっとも門限とはいっても大門が閉まるだけで、潜《くぐ》り門《もん》は深夜子《ね》の刻（午前零時ごろ）まで開けられている。

「奥右筆組頭立花併右衛門でござる」

桜田門の番士に名のって、併右衛門は潜りを抜けた。

「待たせたの」

少し離れたところで、衛悟が所在なさげに立っていた。

「いえ。お珍しいことでございますな」

衛悟は閉められた桜田門を見た。

「ちと人に捕まってな。遅れたわ」

桜田門に背を向けて、併右衛門が笑った。

守るように衛悟が従った。

「お人に……」

「うむ。夕餉を摂《と》りながら話そう」

併右衛門は口を閉じた。

屋敷に着いた併右衛門と衛悟を瑞紀が出迎えた。

「お帰りなさいませ。お役目ごくろうさまでございまする」

併右衛門の差しだす太刀を瑞紀が受けとった。

「空腹じゃ。急ぎ夕餉を頼む」

「はい。ただちに」

太刀を床の間の刀掛けに置いた瑞紀は、早足で台所へ向かった。

「座れ」

若党に着替えを手伝わせながら、併右衛門が言った。

「御免《ごめん》」

衛悟は太刀を引き抜くと下座に腰をおろした。太刀を左脇に横たえる。目上の人と同席する場合、太刀は右側か、背後に置くのが礼儀であった。しかし、何度も命を狙われたことから、衛悟は礼儀よりも咄嗟《とっさ》の対応を重視していた。

「お待たせをいたしました」

瑞紀と女中が膳を捧げてきた。

はしたないとわかっていながら、衛悟は膳を覗《のぞ》きこまずにはいられなかった。

「今日は焼き豆腐と煮物でございまする」

膳のうえには、味噌《みそ》を塗られた大きな焼き豆腐と蜆《しじみ》の味噌汁、菜の煮物がのっていた。

「豆腐か。これはよい」

併右衛門は豆腐が好物である。すぐに箸《はし》を出した。

「喰え、衛悟」

「ちょうだいいたしまする」

一礼して衛悟も食べ始めた。

剣術遣いは毎日の稽古を欠かさないこともあり、飯を山ほど食った。さすがに実家では台所女中を拝み倒しての二膳が精一杯だが、遠慮しなくていい立花家で衛悟はいつも五杯お代わりをした。

「しっかり喰えよ」

併右衛門は一膳で食事を終えた。

「そのままで聞け」

白湯《さゆ》を喫《きっ》しながら併右衛門が口を開いた。

「下城のおりに越中守さまにお目にかかった」

「白河侯と」

あわてて衛悟は茶碗を置いて、背筋をただした。

「律儀なやつめ」

併右衛門が苦笑した。

しかし、定信にはそれだけのものがあった。前の筆頭老中というのもあったが、なによりその出自が並ではなかった。

今でこそ白河藩松平家の当主であるが、定信はもと御三卿田安家《ごさんきょうたやすけ》の出身であった。つまり幕府中興の祖と崇《あが》められている八代将軍吉宗《よしむね》の孫にあたる。

初代将軍家康と八代将軍吉宗は、歴代のなかでも別格であった。旗本御家人にとって、まさに神に等しい存在である。

「お話は」

箸を置いた衛悟が問うた。

「うむ。ついさきごろ、大奥へ一人の女中があがった。その者について調べよとの命じゃ」

併右衛門が告げた。

「大奥は男子禁制ではございませぬか」

「たわけ。誰がそなたに大奥へ行けと申した。第一、行けと言われたところで、どうしようもあるまい」

はやとちりした衛悟を併右衛門が叱《しか》った。

「……そうでございますな」

言われて衛悟はうなずいた。

「女中の実家を探って参れ」

鈍い衛悟に、併右衛門は嘆息した。

「はあ」

まだ理解しきれていない衛悟は、あいまいな返答をした。

「栄《さかえ》、三田の薩摩藩下屋敷につとめる藤田《ふじた》幾馬《いくま》の姉とある」

懐《ふところ》から併右衛門が紙を取りだした。

「承知。明日より始めまする」

紙を受けとって、衛悟は食事を再開した。

品川《しながわ》の海を目の前にした回船問屋伊《い》丹屋《たみや》の寮は、さほど大きくはないが贅《ぜい》をこらした造りを誇っていた。

「みごとよな」

一橋治済《はるさだ》が盃《さかずき》をあおった。

「ギヤマン障子とは、すごいものよな。閉めたままで月見ができる。これならば、夜風に震えることもない」

「お褒《ほ》めにあずかり、畏《おそ》れ入りまする」

伊丹屋が頭をさげた。

「津軽の抜け荷はどうじゃ」

「御前のご紹介でございまするが、いけませぬ」

ゆっくりと伊丹屋が首を振った。

「長崎でいくらでもあがなえるような、かわりばえのせぬものばかりお買い求めで、露西亜《ロシア》でなければ手に入らぬというような珍品がございませぬ」

「無理もなかろう。薩摩と違い、津軽の抜け荷は始まったばかりゆえな。そのうち商いのこつも覚えるであろう」

「それまでおつきあいはいたしかねまする」

伊丹屋が苦い顔をした。

「損か」

「申しあげるもおそれおおいことながら、お取引ごとに二百両ほど不足を出しておりますれば」

とても面倒見きれぬと伊丹屋は述べた。

「いたしかたないの。適当なところで、切り捨ててよい」

「お許しいただけましょうか」

伊丹屋が喜んだ。

津軽と露西亜の抜け荷は、裏で治済が糸を引いていた。国禁である抜け荷を津軽にさせ、幕府の目をそちらに向けている間に、治済は薩摩を使って我が子十一代将軍家斉の暗殺を計画していた。

「ところで、御前……」

酒を注ぎながら伊丹屋が話を変えた。

「お方さまにご懐妊の兆候は」

敬称で呼んでいたが、お方さまとは伊丹屋の娘のことである。

「まだのようじゃな。毎日とはいかぬが、三日に一度は伽を命じておる。近いうちに吉報を報せてやれよう」

「よしなに、よしなに」

伊丹屋が膳を横へずらして平伏した。

「わかっておる。儂が城の主となったあかつきには、そなたの娘が産んだ子を世継ぎとしてくれる」

「畏れ入りまする」

額に畳の跡がつくほど深く平伏して、伊丹屋はさがった。

「ふん。おろかな。いつまで先祖の夢をおっておるか」

治済が嘲笑《ちょうしょう》した。

「戦国大名荒木《あらき》摂津守《せっつのかみ》村重《むらしげ》の末裔《まつえい》がどうしたというのだ。時流を読むことができず、織田信長に叛《はん》してすべてを失った。そのていどの者の血を将軍家につけようとは……夢を見るのもたいがいにせねばの」

酒がなくなったことに気づいた治済が手を叩いた。

「はい」

音もなく障子が開いて、女中が顔を出した。

「絹《きぬ》か。酒をと思うたが……こちらへ参れ」

治済が手招きした。

「よろしいのでございまするか」

呼ばれて絹が、治済の隣へと移った。

「お方さまのところへお戻りになられませぬと」

襟《えり》から入った治済の手に胸乳をなぶられながら、絹が言った。

「今夜もあやつを抱けというか」

「お約束ではございませぬか」

息を荒くしながら、絹が注意した。

「子ができてしまうではないか」

右手を裾《すそ》へ伸ばしながら、治済が笑った。

「できた子供が女ならば、どこぞの大名に押しつけてやればいいが。男ならば約束を果たせと伊丹屋がうるさかろう。あれこれ言わさず金だけ出させるには、子ができぬほうが面倒でなくてよいわ」

「……御前」

絹がすがりついた。

「その点、おまえはいい。子ができぬようにしておるからの」

治済が絹を横たえた。

「ああ……」

嬌声を絹が漏《も》らした。

「そなたの兄はおるか」

「……控えおりまする」

やわらかに目を閉じて、絹が首肯した。

「あとで呼べ」

「はい」

小半刻（約三〇分）ほどして、治済が震え、ひときわ高い絹のあえぎ声がした。

待っていたように、寮の庭に影が落ちた。絹の兄、冥府防人であった。

「………………」

冥府防人は庭に膝をついた。

「おるか」

室内から治済が問うた。

「これに」

「障子を開けよ」

「ごめん」

冥府防人がギヤマン障子を開き、縁側に平伏した。

「昨日、城中におる手の者から報せがあった。白河と奥右筆がなにやら話しておったらしい」

後始末を絹にさせながら、治済が告げた。

「立花併右衛門でございまするか」

「たかが奥右筆ごときの名など知らぬわ」

「畏れ入りまする」

冥府防人が詫《わ》びた。

「なんの話かまでは知らぬ。津軽のことなれば放置いたせ」

「はっ」

「もし、大奥にかかわることならば……」

「殺してよろしゅうございまするか」

首を曲げて、冥府防人が治済を見あげた。

「いや。殺すな。奥右筆が死ねば、白河が気づく。溜間詰は、なんの権ももたぬが、上様へ目通りを願うことだけはできるでな」

「では、いかようにいたせばよろしゅうございましょうか」

冥府防人が問うた。

「大奥のなかへ人をやることはできぬ。男は出入りできぬでな。儂すら許されぬのだ。大奥で生まれ、育った儂でさえな」

不満を治済が述べた。

「大奥へあげた女はなんと申したか」

「藤田栄にございまする」

乱れた衣服を整えながら、絹が述べた。

「そやつの係累《けいるい》を殺せ。どうやっても探ることができぬほど、断ってしまえ」

治済が命じた。

「大奥の外で調べがつかなければ、奥右筆、いや、白河も手出しはできぬ」

「承知」

冥府防人が受けた。

「もう一つ」

立ちあがった治済が庭へと降りたった。腰をかがめたまま冥府防人もしたがった。

「月は哀れよな」

「…………」

意味がわからず、冥府防人は反応しなかった。

「日のないところでしか輝けぬ」

治済が天を見あげた。

「儂も同じよ。徳川の家に生まれながら、父が嫡子でなかったゆえに将軍になれず、御三卿と敬われてはおるものの、家臣もない」

「…………」

冥府防人は沈黙を守った。

「忠義を尽くしてくれる譜代の家臣を持つことさえ許されぬのだ。幕府から年十万俵の捨《す》て扶持《ぶち》を与えられ、城も領地もない、大名とさえいえぬ身で毎日を過ごすだけ」

月に雲がかかった。

「老中や若年寄になれるというなら、まだよい。幕府のために政《まつりごと》をおこなえれば、徳川の血筋と生まれてきた意味もある。しかし、それもできぬ」

徳川の血筋に連なる者は、幕政にかかわらぬのが決まりである。定信のように譜代大名のもとへ養子にいけば、役職に就くこともできるが、御三卿の当主には許されなかった。

「御前は月だと」

いつの間にか絹も来ていた。

「月か……月ならばまだよい。夜だけでも輝き、支配できるからの。儂は月ですらない」

治済が言った。

「将軍が日ならば、月は朝廷よ。日ごろは明るい日に隠されておるが、その裏では細々ながら輝き続けている」

「月でございまするか」

「うむ。月じゃ。日の強さに辟易《へきえき》したとき、人々は月の柔らかい光を思いだし、惹《ひ》かれる。平氏しかり、鎌倉しかり、武家の政治はかならず朝廷によって崩されていく」

「ならば朝廷など潰してしまえばよろしいのでは」

冥府防人が訊いた。

「たわけめ。わざわざ衆目を集める必要はあるまい。そっとしておけば、月は永遠に日に勝てぬ。月の光に憧れても、日なくして人は生きていけぬ。幕府という昼が続くかぎり、月は表にでられぬ」

矛盾することを治済は口にした。

「その昼を続けさせねばならぬ。生者必滅《しょうじゃひつめつ》は真理。ならばいつか来る日没を少しでも遅らせねばならぬ。それが将軍たる者の役目」

治済が述べた。

「朝廷が月……でありますれば、御前さまは」

おずおずと絹が訊いた。

「儂か」

ゆっくりと治済が目を閉じた。

「遠い夜空の星よ。とりあえず輝いてはおるが、同じような星の海に埋もれている」

「星……」

絹がつぶやいた。

「なればこそ、余は日輪になりたい。日輪となって天下を照らしてみたい。いや、幕府のために、祖父吉宗さまが願った徳川千年のためには、余が将軍とならねばならぬ。月に取って代わられるわけにはゆかぬのだ。そのためには、我が子、孫といえども立ちはだかる者は除けてくれる」

治済が振り向き、冥府防人を見おろした。

「儂は地獄に堕《お》ちよう。そなたは、鬼となって先導いたせ」

「はっ」

冥府防人が深く平伏した。

第二章　脱藩の忠

一

　薩摩藩下屋敷のある三田《みた》は江戸の範疇《はんちゆう》ではなかった。品川に近く、関東郡代の管轄《かんかつ》になった。

　関東郡代は、老中支配、関八州《かんはつしゆう》三十万石の治世、治安などを担う重要な役職で、旗本伊奈半左衛門《いなはんざえもん》の世襲職であったが、寛政四年（一七九二）十二代目伊奈忠尊《ただたか》がお家騒動を起こし改易されてから、関東郡代は勘定《かんじよう》奉行の兼任となっていた。

　天下の金を扱う勘定奉行は幕府でもっとも激務であった。当然、新規に命じられた関東郡代兼任は、過酷であり、手が回りきらなかった。幕府は江戸城下と規定した範疇を絵図の上で赤線で囲い、朱引きと称していた。朱引き内は江戸町奉行の担当であり、治安も確立されていた。しかし、一歩朱引きを出ると、がらりと雰囲気がかわった。

「あまりよき状況ではなさそうだ」

朱引きを出た衛悟は、人相の悪そうな無頼が昼間から闊歩《かっぽ》している風景に眉《まゆ》をひそめた。

諸藩の下屋敷が建ちならぶ朱引き外は、やくざ者や博打《ばくち》うちにとって桃源郷であった。勘定奉行の目は届かず、さらに下屋敷は幕府役人が手だしできないのだ。昼間から賭場を開いていようが、私娼を集めて岡場所を作ろうが、咎《とが》められることはなかった。

「お膝元《ひざもと》近くでこのありさまとは、御上の威光はどうなっているのだ」

いろいろなことへ巻きこまれているうちに衛悟も変わっていた。

「薩摩藩の屋敷はこのあたりのはず」

衛悟は周囲を見まわした。

大名、旗本の屋敷はどこも表札をあげていない。用のある者は、あらかじめ絵図で確認するか、付近で人に訊《き》くしかなかった。

「ちとものを尋《たず》ねるが、薩摩どのが屋敷はどこか」

通りかかった行商人に衛悟は尋ねた。

「薩摩さまでやすかい。それならば……ほれ、あそこの大屋根がそうでござんす」

「かたじけない」

礼を述べて衛悟は、大屋根を目指した。

大名の下屋敷は、おもに藩主一門や江戸詰《づめ》家臣たちの住居として使われていた。公邸である上屋敷と違い、警備も甘く、どこの下屋敷でも連日博打場が開かれている。藩士たちが博打をするわけではない。地元の博徒たちに場所を貸すだけだが、見あうだけの金を藩士たちは貰《もら》っていた。

「さてどうするか」

門前で衛悟はとまどった。いきなり乗りこんでいくのは反発を買いかねない。薩摩藩士と旗本の間には、いまだ関ヶ原のわだかまりが残っていた。

「これは、衛悟さまではございませぬか」

不意に声をかけられて、衛悟は驚いた。

「覚蟬《かくぜん》どの」

振り向いた衛悟は、そこに馴染《なじ》みの僧侶を見つけた。

「いつから」

まったく気配を感じられなかった。

「今通りかかったばかりでございますよ」

歯のない口を開けて、覚蟬が笑った。

「珍しいところでお目にかかる」

「いや、ひさかたぶりにおしろいの匂いを嗅《か》ぎたくなりましてな。品川まで観音詣《もう》でに参った帰りで」

覚蟬が答えた。

醬油《しょうゆ》で煮染めたように色あせた墨衣を身につけた老僧は、もと東叡山寛永寺《とうえいざんかんえいじ》きっての学僧と讃《たた》えられた人物であった。

「悟りを語るならば、世に知らぬことがあってはならじ」

そう言って覚蟬は、女を抱き、酒を飲んで、はまった。

破戒僧として寛永寺を放逐《ほうちく》された覚蟬は、浅草の棟割り長屋に住み、一枚いくらでお札を売り歩く願人《がんにん》坊主となっていた。

「わたくしよりも、衛悟さまこそ、このようなところになぜ。まさか、品川の女郎に筆下ろしを。そのようなことなされては、お隣のお嬢さまが泣かれますぞ」

逆に覚蟬が問うた。

「遊び女を購《あがな》うだけの金はもっておりませぬ」

衛悟はあわてて首を振った。

「やれ、吉原《よしわら》で太夫《たゆう》を揚げようと申すのではございませぬぞ。品川あたりの遊女屋なら、心付けまで入れたところで二朱、五百文もあればたりまする」

「いや、遊女屋に用ではなく、ちと人捜《ひとさが》しを」

うまくのせられて衛悟は用件を話してしまった。

「またでございますか」

覚蟬があきれた。

「よく人を捜されてますなあ」

「そういうわけではないのだが」

「今度は、どのようなお方をお捜しで。前のように剣術の遣い手でござるのか」

誘うように覚蟬が問うた。

「薩摩藩士を訪ねて参ったのでござるが……」

衛悟は三田薩摩下屋敷の門へ目をやった。

「お知り合いではござらぬのか」

「名前しか存じませせぬ」

すなおに衛悟は答えた。

「なるほど、どのようにすればよいかで悩んでおられたと」

すぐに覚蟬が見抜いた。

「どなたでござる」

「藤田幾馬どのと言われるのでござるが」

衛悟はしゃべった。

「どれ、しばらくお待ちなされ」

覚蟬はあっさりと三田薩摩下屋敷の潜《くぐ》りを叩《たた》いた。

「頼みましょうぞ」

「なんだ」

門番が面倒くさそうな返事をした。

「藤田幾馬さまにお目通りを願いたいのでござる」

覚蟬が告げた。

「藤田……はて、いたかの。ちょっと待て」

潜りの向こうで気配が消えた。

「やはり当家に藤田などという藩士はおらぬ。去れ」

突き放すように門番が、音を立てて潜りを閉じた。

「やれ、人違いでござったか。お手数でありました」

去っていく覚蟬の背中をうかがうように、潜りの覗《のぞ》き窓《まど》が開いた。

「おられぬそうでございますぞ」

戻ってきた覚蟬が首を振った。

「おかしい」

衛悟は首をかしげた。

奥右筆組頭《おくゆうひつくみがしら》である併右衛門がまちがったことを告げるはずはなかった。

「名前が違うということはござらぬか。たとえば、藤田が藤岡であるとか」

「あっているはずでござる」

言いながら、不安になった衛悟は書付《かきつけ》を懐《ふところ》から取りだして、確認した。

「まさにまさに。たしかに藤田幾馬、薩摩藩三田下屋敷と書いてござるな」

横から覚蟬が顔を伸ばしてきた。

「これは……」

あわてて衛悟は書付を懐にしまった。

「見てはいけませんでしたかの。なあに、お気になさるな。今晩の寝酒で忘れてしまいまするよ」

大きく覚蟬が笑った。

「もう一度確認いたしまする」

衛悟は帰ると告げた。

「それがよろしかろうて。では、拙僧はお布施を集めながら参りますで、ここで失礼をいたしましょう」

覚蟬が衛悟の背中を押した。

衛悟の姿が、見えなくなるまで見送ってから覚蟬は、ゆっくりと下屋敷の門前を離れた。覚蟬が少し離れたところで、潜りが開き、三名の薩摩藩士が姿を現した。

「…………」

無言で顔を見あわせて、三人は覚蟬のあとをつけ始めた。

「ほい。やっぱりござったか」

破れた笠の下で覚蟬が微笑《ほほえ》んだ。

「衛悟どのを見張っておれば、かならずおもしろいことに当たりまするな。どれ、ちいとお話を聞かせていただくとしようかの」

覚蟬は大声で唱名を唱えながら、人気《ひとけ》のないほうへと歩いていった。

「待て、坊主」

武家の屋敷がとぎれ、田畑となったところで薩摩藩士が覚蟬を取り囲んだ。

「拙僧のことでございますかな」

わざと覚蟬がとぼけた。

「藤田幾馬のことをどこで知った」

もっとも年嵩《としかさ》の藩士が尋問した。

「はて、藤田幾馬さま。わたくしの檀家にはそのようなお方はおられませぬが」

覚蟬が首をかしげた。

「ふざけるな。先ほど三田の下屋敷で問うていたではないか」

年嵩の藩士がどなった。

「ああ。あれは頼まれたのでございまするよ」

「頼まれた、誰にだ」

「ご覧ではありませんでしたかな。門前にいたお侍にで」

「あやつか」

薩摩藩士たちがうなずいた。

「何者か」

「さて、お布施をいただき、訊いてくれるようにいわれただけでございますれば……」

小さく覚蟬は首を振った。

「他になにか申しておらなかったか」

「そういえば、なにやら書付のようなものをもっておりました」

「なんと書いてあった」

年嵩の藩士が迫った。

「修行の僧にお布施を願えませぬかな」

覚蟬が手を出した。

「やかましい。さっさと話さねば、その首を胴と離してくれようぞ。さすれば、修行も、お布施も必要でなくなろう」

大声で年嵩の藩士が脅《おど》した。

「やれやれ、気の荒い。話しますとも」

首をすくめて、覚蟬が手を引っこめた。

「書付には、藤田栄という女《おなご》の名前が記してござったわ」

「なにっ」

薩摩藩士たちが、声をあげた。

「まずいぞ」

三人が目配せした。

「坊主、ご苦労であったな。ほれ、功徳じゃ」

懐から紙入れを出して、年嵩の藩士が小粒を一つ、地面に放り投げた。

「これはかたじけない。南無阿弥陀仏《なむあみだぶつ》、南無阿弥陀仏」

両手を合わせて、覚蟬が念仏を唱えた。

「遠慮なく」

腰をかがめて、覚蟬が小粒へ手を伸ばそうと身体《からだ》を傾けた。

ゆっくりと薩摩藩士の手が柄《つか》にかかった。

「あれ、あそこに先ほどのお侍が」

不意に大声をあげて、覚蟬が正面を指さした。

「なにっ」

藩士たちが、いっせいに覚蟬から注意をそらした。

「…………」

無言で覚蟬は後ろに跳んで、そのまま背を向けた。

「しまった」

隙《すき》をつかれた薩摩藩士たちはあわてて振り返ったが、覚蟬は大きく引き離していた。

「まだ御仏に会う気はございませんでな」

振り返りもせず、覚蟬が言った。

「追え、追え」

年嵩の藩士が叫んだ。

「ほい、ほい。捕まっては命がなくなる」

覚蟬は何度も角を曲がった。

「いないぞ」

「どこへ行った」

薩摩藩士は覚蟬の姿を見失った。

「たかが願人坊主。ほうっておいたところでさしたることもあるまい。それよりもあの侍を捜すべきぞ」

年嵩の藩士が言った。

「ひとまずご用人どのにご報告を」

「うむ」

薩摩藩士たちは、三田の下屋敷へと戻っていった。

夕刻、いつものように併右衛門を出迎えた衛悟は、三田の薩摩藩下屋敷に藤田幾馬という人物がいなかったと報告した。

「問いただしたのか」

聞いた併右衛門があきれかえった。

「こういうことは、金を遣《や》って中間《ちゆうげん》あたりから聞き出すのが常套《じようとう》ではないか。それを直接……」

「申しわけございませぬ」

叱《しか》られて衛悟は詫《わ》びた。覚蟬に代わってもらったとはさすがに言えなかった。

「これで薩摩を警戒させてしまったではないか。唯一の手がかりが使えぬようになったとすれば、なんとする」

「……はあ」

町方ではないのだ。衛悟に探索の心得などなかった。

「まったくこれだから剣術ばかりやっている者は、役に立たぬと言われるのだ。よいか、今は世間をどれほど知り尽くしているかで、人の善《よ》し悪《あ》しが決まる時代ぞ。衛悟、剣術をするなとは言わぬ。だが、少しは世のなかを見よ。このままでは養子に行ったとしても、養家の家格をあげるどころか、落としかねぬ。とてもよき家には紹介してやれぬではないか」

　併右衛門がさとした。

「すみませぬ」

　重ねて衛悟は詫びた。

「やってしまったことは仕方あるまい。次なる手を考えねば」

　屋敷に着くまで、併右衛門はずっと無言で考えていた。

「待て」

　角一つ曲がれば屋敷というところで併右衛門が足を止めた。

「なにか」

「さきほどの話よ」

「お屋敷に戻ってからでよろしいのではございませぬか」

「瑞紀に聞かれるとまずいのでな」

　訊いた衛悟に、併右衛門が言った。

「どのようなことでございましょう」

　一人娘の耳に入ってはつごうの悪いこととはなにかと、衛悟は首をかしげながら問うた。

「明日、もう一度薩摩藩三田の下屋敷へ参れ」

「はあ。よろしいのでございまするか」

それが瑞紀にどうかかわってくるのか、衛悟にはわからなかった。さらに、警戒しているところにわざわざ出向いていく理由も理解できなかった。

「うむ。薩摩にとって藤田栄のことを調べられることがつごう悪いならば、なんらかの反応があろう。そこからとっかかりを見つけだす」

「藪《やぶ》をつついて蛇《へび》でございまするか」

ようやく衛悟も納得した。

「仕掛けた罠《わな》へわざとはまりにいくようなものだ。十分に注意いたせ」

「はっ」

他に手だてはないと衛悟は引き受けた。

二

津軽藩江戸上屋敷は、本所《ほんじょ》二つ目にあった。江戸城大手から三十二丁（約三・五キロメートル）とかなり離れていた。

　藩主側近の馬廻役《うままわりやく》として抱えられた藤田幾馬は、初めての宿直《とのい》に緊張していた。馬廻役とは、その名のとおり戦時、藩主の側《そば》にいるのが役目である。藩主の警固を主とし、戦況に応じて伝令として出たり、援軍として戦場を駆けたりもした。藩主近くにいることが多いため、目に止まりやすく出世の道も開かれている。藩でも名門でないと就けない役目であった。

「異状ないか」

　宿直の責任者である馬廻役組頭が、一刻（約二時間）ごとに見回ってくる。居眠りをしていたり、用便に行っていたりが見つかると、厳罰に処せられる。

「はっ」

　幾馬は、背筋を伸ばして応答した。

「うむ。まだ慣れぬであろうが。津軽は尚武《しょうぶ》の気風じゃ。知ってのとおり、境を接する南部《なんぶ》とは不倶戴天《ふぐたいてん》の仲ゆえ、藩主公のお命がいつ狙《ねら》われるかわからぬ。けっして油断をするな」

「はっ」

　組頭の話に幾馬は首肯《しゅこう》した。

「万一のときは、まず大声を出せ。すぐに皆が駆けつける。一人で無理はいたすな」

「承知いたしておりまする」

幾馬は頭をさげた。

「とまあ、役目の話はそこまでとして。そう緊張いたすな」

堅くなっている幾馬の肩を組頭が叩《たた》いた。

「はあ」

幾馬がほっと息を抜いた。

「藤田、貴公ご家老さまのご縁者にあたるのか」

組頭が訊いた。新規召し抱えなどずっとなかった津軽で、いきなり馬廻役に推挙されたのだ。実力者の引きがあると考えるのは当然であった。

「いえ。一度、ご家老さまが市中でわたくしをご覧になられ、お気に召してくださり、ご推挙たまわりましてございまする」

仕官できた正確な理由を幾馬も知らなかった。

「そうか。なんにせよ、新参でいきなり百石、馬廻役とは例のないことだ。よほど、ご家老さまは、藤田を買っておられるのであろう。その若さじゃ。殿のお目にかなえば、さらなる出世も夢ではない」

「ご期待を裏切らぬように忠節を励みまする」

「うむ。そうでなくてはの。ところで、藤田。貴公、決まった相手はおるのか。ほれ、嫁じゃ、嫁」

声を潜めて組頭が質問した。

「いえ。なにせ浪々の身で、家族喰《く》いかねておりましたゆえ、そのようなことは考えもいたしませんでした」

幾馬は首を振った。

「そうか。どうだ。儂《わし》の娘を嫁にもらわぬか」

「お嬢さまをでございまするか」

「うむ。今年で十七になる。まあ、親が言うのもなんだが、それほど悪い器量ではないぞ。女ひととおりのことは十分ではないが、仕込んであるつもりじゃ」

組頭が話した。

「はあ。かたじけなきお話。ですが、父とも相談いたさねば、ご返答はいたしかねまする」

「もちろんそうであろう。どうじゃ、次の非番の日、儂の家に飯を食いに来ぬか。津軽の国元料理だが、馳走《ちそう》してくれよう。返事はそのあとでよい」

「ありがとうございまする。では、お邪魔をさせていただきまする」

ていねいな口調で幾馬が承諾した。

「よしよし。楽しみにしておるぞ。では、気を張ってな」

満足そうに首肯して、組頭が巡回へと戻っていった。

「拙者が、嫁をもらう」

組頭が去ったあと、一人に戻った上屋敷御殿の廊下で幾馬がひとりごちた。

「明日の米どころか、夕食の材さえなく、野菜くずの雑炊ばかりで過ごしていた拙者がか」

幾馬が震えた。

「それも馬廻組頭さまの娘御だという。組頭さまと言えば、三百石取りで藩の重役に連なる名門。その一族に加われれば、拙者の先もますます開けよう」

顔をあげて、幾馬は喜んだ。

「いっそう注意せねばならぬ」

周囲に幾馬が目をやった。

「姉のことが知られれば、縁談はもとより、ようやく得た仕官の座も失いかねぬ」

幾馬が考えこんだ。

姉栄は喰いかねた藤田家の窮乏を救うため、四年前女衒《ぜげん》に身を売った。そのお陰で藤田家は窮状を脱し、なんとか生きのびられた。

「馬廻役の姉が、苦界で春をひさいでいると知られるわけにはいかぬが、どうすればよいのだ。姉の籍は藤田から抜いたとはいえ、少し調べればわかること」

かつて藤田家が住んでいた裏長屋で少し聞きあわせれば、姉の存在は見つかる。

「困ったものだ。やっと藤田家を再興したというに、姉のお陰ですべてを失っては元も子もないではないか」

幾馬が苦い顔をした。

「恩知らずとは、おまえのことを言うのだろうな」

不意に幾馬は背後から声をかけられた。いつのまにか冥府防人が、立っていた。

「なにや……」

振り返ろうとした幾馬の口がふさがれ、動きが封じられた。

「姉が身を売ったお陰で生きのび、姉が命を売ったお陰で仕官できたというに、おまえは、その姉を邪魔にするか」

冥府防人が、わざと幾馬に姿を見せた。

「…………」

大きく、幾馬が目を見開き息を呑《の》んだ。

「きさまごときを誰が推薦するものか。剣ができるわけでもなく、文がたつわけでもない。ましてや、性根が腐っている。ものの役にたたぬ者を絵に描いたような輩《やから》」

冷たく冥府防人が、述べた。

「うっううう」

必死に逃れようと幾馬が身をよじった。

「目立たぬように殺してくれる」

「うううううう」

冥府防人の瞳にあきらかな殺意を見て、幾馬が首を振った。

「ふっ」

憐憫《れんびん》の情もなく、冥府防人は幾馬の右脇腹に長い針を突き刺した。

「……ぐう」

一瞬苦悶《くもん》の表情を浮かべた幾馬の身体から力が抜けた。

「姉を踊らせるための囮《おとり》に使われたとも知らず……もっとも姉も目くらましでしかないのだがな」

すっと冥府防人が針を抜いた。

「藩医ていどなら、死因はわかるまい。烏頭《うず》の毒は心臓を害する。頓死《とんし》としてあつかわれるだろうて」

心臓は止まっても、まだ身体の末端は生きている。針の穴はみるみるうちにふさがり、小さな赤い点だけとなった。

「さて、あとは親二人か」

冥府防人が天井へと跳びあがった。

夜半、津軽藩上屋敷で小さな騒動があった。

新規召し抱えの藤田幾馬、その両親、あわせて三人が、ほぼ同じくして、心臓の病で急死した。縁者のなかった藤田家は断絶、遺骸《なきがら》は回向院《えこういん》に葬られた。

相手が仕掛けやすいよう夕刻にせよと併右衛門に言われて、衛悟は暮れ七つ（午後四時ごろ）に薩摩藩下屋敷を訪れた。

「率爾《そつじ》ながら……」

衛悟は周囲に気を配りながら、下屋敷の潜り門を叩いた。

大名家の表門は明け六つ（午前六時ごろ）に開き、暮れ六つ（午後六時ごろ）閉じられる。衛悟が訪れたとき、表門は開かれていたが、縁者、もしくは幕府の役人でないかぎり通ることは遠慮すべきであった。

「なにか御用でござるか」

潜り門が少し引き開けられた。

「つかぬことをおうかがいいたしまするが、貴家中に藤田幾馬どのと言われるお方がおられませぬか」

「藤田……」

面倒くさそうに応対していた門番の顔色が変わった。

「しばし、お待ちあれ」

潜り戸を開けたままで門番が屋敷へと走っていった。

「これでよかろう」

衛悟は潜り門を離れた。

待っていればなかへと誘われることは確実であった。一歩入ってしまえば、幕府といえども所定の手続きを終えないかぎり、藩邸へ踏みこむことはできなかった。

それこそ取り囲まれて膾斬《なますぎ》りにされても、文句は言えないのだ。

下屋敷表門から見える辻で衛悟は立ち止まった。

「さて、どうでるかな」

衛悟は待った。

島津家にとってもっともいいのは、知らぬ存ぜぬで押しとおすことであった。家斉公御台所の実家となれば、幕吏でも手出しするには覚悟がいった。

「あやしいので調べましたが、なにもございませんでした」

ではすまないのだ。

かかわった大目付《おおめつけ》は、お役御免のうえ減禄、月番老中も罷免《ひめん》は確実である。今の幕閣にそこまで肚《はら》の据《す》わった役人はいなかった。

だが、薩摩にも人物は不足していた。

藩の看板を背負っている上屋敷ならばおそらく無視したであろう衛悟の挑発に、下屋敷は乗ってしまった。

「逃げたか。なぜ捕まえておかなかった」

大門から駆け出てきた数人が、衛悟の姿を探した。

「待っているようにと申したのでございますが……」

叱られた門番が泣きそうな顔をした。

「あ、あそこに」

門番が衛悟を見つけた。

「あれか。あの若侍だな」

「はい」

うなずく門番を置き去りに、四人の藩士が走った。

「いきなりかかってくることはないだろうが」

ゆっくりと歩きながらも、衛悟は背後の気配を探っていた。

「ひっつかまえて、問いましょうや」

一人の藩士が走りだそうとした。

「たわけ。それでは糸が切れてしまうではないか。あやつがしゃべらなければなんとする」

年嵩の藩士が叱った。

「見失わぬように後をつけ、後ろにいる者を探りだせと用人さまのご命令じゃ」

「なるほど。たしかに枝葉を落としても幹が残れば、意味はござらぬな」

残った藩士が首肯した。

「よいか。決してかかってはいかぬ。かと申して離れすぎて見失ってもならぬ。十間(約一八メートル)ほど間を空けてあとをつけるぞ」

「承知」

年嵩の藩士の言葉に三人が同意した。

「屋敷まで連れていくわけにはいかぬな」

衛悟は背中にささる気配に苦笑しながら、つぶやいた。

「二度と瑞紀どのを危ない目に遭《あ》わせるわけにはいかぬ」

先日、瑞紀が敵の手にさらわれた。さいわい、命にも操《みさお》にも傷つくことなく助け出せたが、次もうまくいくとはかぎらなかった。

堅く衛悟は決意していた。

「立花どのは、正体を見せつけよと言われたが……」

衛悟は困った。薩摩へ揺さぶりをかけるに、奥右筆組頭は十分な存在であった。

「このまま連れていっていいのか」

すでに刻限は七つ半（午後五時ごろ）近い。まっすぐ桜田の門に向かったところで、暮れ六つ（午後六時ごろ）の門限には間に合うかどうかわからなかった。

「急ぐしかない」

衛悟は肚をくくった。

剣術遣いの足は早い。仕事を終えて家路につく庶民の間を縫うようにして進む衛悟と、離されぬように急ぐ薩摩藩士の姿は、よく目立った。

三田から桜田門はほぼ北にあたる。衛悟は左に沈んでいく日を感じながら、桜田門へ到着した。

「お待ちくだされたか」

門を出たところに併右衛門がいた。

併右衛門は中年の侍と立ち話をしていた。

「おう、参ったか」

併右衛門が手をあげた。

「やっ、これはお迎えでござるか。ずいぶん話しこんでしまいました。では、これにてご無礼を。また立花氏、一献を願いまする」

中年の侍が頭をさげて去っていった。

「あのお方は」

「ああ。老中太田備中守《おおたびっちゅうのかみ》さまのお留守居役《るすいやく》で田村一郎兵衛《たむらいちろうひょうえ》どのじゃ。老中さまの留守居をまかされるだけあって、なかなかの切れ者じゃぞ」

田村一郎兵衛の背中を見送りながら、併右衛門が教えた。

「で、そちらの首尾は」

すっと併右衛門の表情が変わった。

「気づかれてはいけませぬゆえ、決してご覧になられませぬように」

小声で衛悟は注意をした。

「黒田さまと浅野《あさの》さまの間で」

衛悟はささやいた。

黒田とは福岡五十二万石、浅野とは広島四十二万六千石、ともに外様の大藩である。国持ち大名の格をもって、外桜田門を出たところに広大な上屋敷を与えられていた。

「通り道じゃな」

併右衛門がつぶやいた。

麻布《あざぶ》簞笥《たんす》町《まち》にある立花家の屋敷までは、外桜田門を出て南へまっすぐ進み、虎《とら》ノ門《もん》を出たところで堀にそって右に曲がり、黒田家の上屋敷につきあたったところで左へとる。

「よろしいのでございまするか」

衛悟は屋敷を教えていいのかと再度確認した。

「うむ。いたしかたあるまい。越中守さまのご命令じゃ。形《なり》を出さぬわけには参らぬ」

苦渋に満ちた顔で併右衛門が告げた。

「衛悟」

歩きだしながら、併右衛門が呼んだ。

「今日より日中も夜も我が家に詰めていてくれ」

「はい」

そうするしかないと衛悟は引き受けた。

「まさか旗本の家に押しこんでくるようなまねは、二度とないとは思うが……」

親としての願望を併右衛門が口にした。

辻に隠れてうかがっていた薩摩藩士たちの前を併右衛門たちが通りすぎた。

「あの年寄りが後ろにいる者か」

年嵩の藩士が首をかしげた。

「さほどの人物には見えぬぞ」

「いかにも。幕府役人のようではござるが、それほどの身形《みなり》でもなし、供の数も少ない」

「まだ後ろがござるのでは」

残りの三人も顔を見あわせた。

「どうやら屋敷へ戻るようだ。まずは、正体を確かめようぞ」

目の前を通りすぎた併右衛門一行の後をつけ始めた。

「ついて来ておるか」

剣の心得のない併右衛門に背後の気配は読めなかった。

「しっかりと」

答えながら衛悟は苦笑いした。まったく気配を隠すどころか、堂々と十間（約一八メートル）後ろをついてくるのだ。

「薩摩に忍《しのび》はおりませぬのか」

衛悟は併右衛門に問うた。

「戦国のころには捨《す》てかまりという忍がいたそうだが、今はどうであろうか」

職務上古いことにも併右衛門は精通していた。

「忍を、それも一流と呼ばれるものを持ち続けるのは金がかかる」

併右衛門が語った。

「闇に潜み、木々を跳びこえ、人知れず忍びこむ。それだけの技を百年にわたって継がせるのは難しい。一子相伝とはいかぬ。剣でもそうであろう。名人の息子が達人である保証はどこにもない。柳生《やぎゅう》がよい例じゃ。始祖柳生宗矩《むねのり》どのは、まさに達人であったというが、その血筋はとうに消えておる。まあ、将軍家御手直し役という、誰にさせてもよい役目ではないだけにしかたないことなのだろうが、今の柳生は大名のなかでちょっと剣を遣える者を養子にして生き延びておる」

「はあ」

衛悟には例えがわからなかった。

「わからぬか。ようは遣える忍を育成するには、何十倍もの人と手間、金が必要だと申しておるのだ」

「十人鍛えて、実戦に耐えられるのは一人ということでしょうか」

「おおざっぱだが、そうじゃ。今の旗本や御家人は、家柄だけで家禄《かろく》を継げ、役にたたずとも許される。されど忍の場合、それではとおるまい」

「たしかに」

ようやく衛悟も理解した。

「御上を見てもわかるように忍の格は低く、禄は少ない。だが、それでも十倍の人数を集め、鍛えるとなれば、手間はかかる。それに修行の場も用意せねばならぬ。それだけのことをなせる大名は、そうはおらぬ」

「島津どのならば、できませぬか。七十七万石の太守でございまするが」

衛悟が訊いた。七十七万石といえば、大名のなかでも二番目に大きい。

「無理よな」

併右衛門が即答した。

「薩摩には金がない。あるのは借財のみ」

「…………」

聞いて衛悟は絶句した。旗本に金がないことは、身に染みて知っていたが、薩摩ほどの家柄が借金に縛られているとは思いもよらなかった。

「武家の世ではない証《あかし》よな」

静かに併右衛門が首を振った。

「なんの話をしておるか。聞こえぬか」

年嵩の藩士が配下を見た。

「あいにく……」

「わたくしも」

「まったく」

三人とも首を振った。

「……ふむ」

衛悟の背中を見ながら、年嵩の藩士がうなった。

「片方は幕府の役人であろうが、あの若いのはどうも違うようじゃな。身形が貧しい」

年嵩の藩士がつぶやいた。

毎月併右衛門から二分の給金を貰うようになったとはいえ、そのほとんどを食べものに費やしてしまう衛悟である。衣服にまで手が回らなかった。

「鞘《さや》の塗りもはげておる」

細かいところまで年嵩の藩士は見ていた。

「浪人ではございませぬか」

「雇われか」

「はい」

若い藩士の言いぶんに、年嵩の藩士は腕を組んだ。

「ひとあたりいたしてみましょうか」

もう一人の藩士が言った。

「そうよなあ。鈴木《すずき》。おぬしはいかぬ」

「なぜでございましょう。わたくしの腕が劣るとでも」

「ではないわ。おぬしの腕は下屋敷でも有数じゃ。しかし、おぬしは示現流《じげんりゅう》であろうが。示現流は薩摩お止め流ぞ。他藩に示現流はない。刀筋で我らの素性を教えるようなものであろう」

「まことに……浅慮でございました」

鈴木が詫びた。

「では、拙者が」

もっとも若い藩士が名乗り出た。

「拙者は直心影流《じきしんかげりゅう》でござれば」

「相手の実力を知るにもよいか。高橋《たかはし》、おぬしに任すが、無理はいたすな。適当なところできりあげよ。我らはかかわりない者として、離れておるゆえ、危なくなっても助けはできぬぞ」

年嵩の藩士が告げた。

「承知」

高橋が太刀の柄に手をかけて、早足になった。

併右衛門が衛悟の顔を見た。

「来るのか」

併右衛門は衛悟の雰囲気が変わったことで気づいた。

「どうやら、辛抱しきれなかったようで」

苦笑しながら、衛悟は太刀を抜いた。

「ひええ」

立花家の中間《ちゅうげん》が、白刃のきらめきに悲鳴をあげた。

「離れておれ」

衛悟は、中間、挟《はさ》み箱《ばこ》持ちなどを避難させて、併右衛門を背中にかばった。

高橋も太刀を抜いた。

「なにやつ。将軍家お膝元で夜中太刀を抜くとは尋常ならず。咎《とが》められぬうちに去れ」

臆《おく》することなく併右衛門が述べた。

「…………」

応えることなく、高橋が太刀を上段にあげた。

「問答無用か」

青眼に太刀を構え、衛悟は待った。

二間（約三・六メートル）を割ると、真剣での戦いは必死の間合いになる。高橋は、駆けた勢いのまま、突っこんできた。

「遠い」

衛悟は相手の剣先が縮んでいることを見抜いた。構えを崩すことなく、目の前を切っ先が過ぎて行くに任せた。

「おうりゃあ」

気合い一閃《いっせん》、真っ向から振りおろした高橋は、手応えのなさに啞然《あぜん》とした。

「えっ」

二つにしたはずの敵が、なんの変化もなく立っていることに、高橋は目を疑った。

「真剣勝負は初めてか」

呆然《ぼうぜん》としている高橋に、衛悟は話しかけた。

「黙って引けば、見逃してくれる」

衛悟は無駄な殺生をする気はなかった。

「……馬鹿な」

高橋が衛悟を見つめた。

「腕が怖れで伸びておらぬ」

弟子に教えるように衛悟は語り、一歩踏みこんで高橋の腹を蹴った。

吐きながら、高橋が後ろへ飛んだ。

「ぐえっ」

「……お、おのれ……武士を足蹴にするなど……」

起きあがった高橋が憤怒《ふんぬ》で顔を染めた。

「武士というなら、刀ぐらい使って見せろ」

衛悟はあきれた。

倒れている者にうかつに近づくのは危険であった。立っている者の剣先は届かなくても、転んでいる者の刃は、容易に臑《すね》や腿《もも》を切り裂くことができる。

十分な間合いを空けて、衛悟は相手が立つのを待った。

「なめるなああ」

屈辱で頭に血がのぼった高橋が、立ちあがるなり太刀を振りかぶった。

「くたばれ」

興奮すると人は、恐怖を忘れる。高橋の一刀は衛悟の身体へと向かった。

「ぬん」

あわてず衛悟は、太刀を右に払った。

甲高《かんだか》い音がして、火花が散った。腰を据えていなかった高橋の重心がずれた。

「まずい」

物陰から見ていた年嵩の藩士が思わず口にした。

「やるというなら遠慮はせぬ」

よろめいた高橋の身体を追うように、衛悟の太刀が水平から跳ねた。

「ぎゃっ」

高橋がふたたび転んだ。

「えっ、えっ、えっ」

急いで起きようとした高橋が驚愕《きょうがく》した。

「手が、手が……」

衛悟は高橋の肘《ひじ》から前を斬りとばしていた。

「血止めをすれば助かろう」

落ちている太刀を衛悟は遠くへ蹴りとばした。

「痛い、痛い、死にたくない」

両手から血を噴きながら、高橋が泣いた。

「真剣勝負は、命のやりとりと覚悟いたせ。脅《おど》しのつもりで刀を抜くな」

太刀を手拭《てぬぐ》いで拭きながら、衛悟は隠れている薩摩藩士へと述べた。

「参るぞ。愚か者の相手をしている暇はない」

併右衛門が冷たく言った。

「ふざけたことを……」

飛びだそうとする鈴木の袖《そで》を年嵩の藩士が抑えた。

「よせ。これ以上の騒ぎはまずい」

年嵩の藩士が高橋の側へ寄った。

「……助からぬな」

真剣で斬られた者の死は出血よりも、衝撃によるものが多かった。すでに高橋の顔色は土気色となり、呼吸は糸のように細くなっていた。

「鈴木」

「はっ」

「止《とど》めをさしてやれ」

「ですが……」

鈴木が逡巡《しゅんじゅん》した。

「苦しみを長引かせるだけぞ。楽にしてやるのが朋輩《ほうばい》の情けぞ。そのあと、藩邸まで連れて帰ってやれ。儂はあやつらのあとをつけねばならぬ」

併右衛門と衛悟の去った方を見ながら、年嵩の藩士が命じた。

「薩摩隼人《はやと》らしく、死なせてやれ」

「……はっ」

「後藤《ごとう》、ついてまいれ」

鈴木の同意を見届けるまもなく、年嵩の藩士は残った一人に声をかけ、背を向けた。


衛悟が太刀を鞘に戻すのを見て、併右衛門が話しかけた。

「あいかわらず、みごとよな」

「いえ。相手が未熟であっただけでございまする」

衛悟は真剣勝負で重要なのは、剣の上手下手ではないと理解していた。

「一ついいか」

併右衛門が問うた。

「なぜ一撃で殺してやらなかった。そなたの腕ならばさしてむつかしいことではなかろうに」

「仲間がどう出てくるかを見届けたかったのでございまする」

藩とはみょうなものであった。なかで反目し、殺しあうこともあるのに、外からの圧力が来ると一致団結する。同藩の者なら仲間をやられて黙っていることはなかった。もし見すごしたり、逃げたりしたことが藩に知れれば、放逐は確実、下手すれば切腹ものである。

「ふむ。あそこで出てこなかったということは、藩命だからか」

すぐに併右衛門は理解した。

仲間の情より、藩命は重かった。

「おそらく」

衛悟はうなずいた。

話している間に、併右衛門の屋敷に到着した。

「おかえりいいい」

先頭を行く中間が、大声をあげた。

旗本の多くが無役に甘んじている昨今、主が江戸城へ出仕《しゅっし》していることは、家臣たちの誇りでもあった。とくに中間や小者など、奉公先をかえるとき、役付きの旗本で仕えていた経歴は大きな利点となった。

「おもどりい」

すでに大きく開かれていた門のなかから、出迎えの若党が出てきた。

併右衛門一行を飲みこんで、立花家の門が閉められた。

「ここか」

年嵩の藩士が門を見あげた。

「誰の屋敷か知っておるか」

問うたが、後藤は首を振った。

「ここは麻布箪笥町か」

「訊いてみよ」

年嵩の藩士が命じた。

「御免《ごめん》。ちとおうかがいしたい」

近くをとおった御家人に声をかけた。

「なんじゃ」

酒が入っているのか、立ち止まった御家人の身体は揺れていた。

「こちらは、どなたさまのお屋敷でございましょうや」

「ここか。ここは、奥右筆組頭立花どのがお屋敷じゃ」

「奥右筆組頭」

年嵩の藩士がくりかえした。幕府との交渉にかかわっていない藩士にとって、奥右筆の名前はさしたる重みをもっていなかった。

「おぬしらは、ここへ強盗に入ろうと相談か。なら、一口のせてもらいたいものじゃ。奥右筆組頭とは、よほど金が回るのか、蔵には小判がうなっておるとの評判じゃ」

酔った御家人が要《い》らぬことを述べた。

「ご冗談を」

笑いながら、年嵩の藩士が手を振った。

「どうもかたじけないことでござった」

「もうよいのか。では、拙者は深川《ふかがわ》へ行くとしよう。色が待っておるでな」

ふらふらと御家人が歩いていった。

「幕府も終わりでございまするな」

御家人の背中を見ながら、後藤が言った。

「後藤、あなどるでない。たしかに幕府の屋台骨は傾いておる。旗本、御家人は刀が重いと口にするが、すべてではない。腐っても鯛。まだまだ幕府のなかには骨のある者もおる」

「倒せませぬか」

後藤が嘆息した。

「戦《いくさ》をするだけの金が、我が藩にはない」

「金などなくとも、我ら薩摩隼人が命を賭せば、殿を江戸城の主《あるじ》にいたすも容易でございましょう」

「無理じゃ」

年嵩の藩士が首を振った。

「金がなくば、鉄砲の弾を買うこともできぬ。兵糧《ひょうろう》を集めることもな。薩摩から江戸まで軍勢を動かすだけで何十万両という費用がかかる。今の薩摩には数千両の金もない」

「まさか」

後藤が絶句した。

「金がないのは首がないのと同じ。関ヶ原で豊臣方についておきながら、寸土も減らされなかった薩摩が、武で徳川を黙らせたただ一つの藩、島津が、金に泣かされているのだ」

大きく年嵩の藩士が嘆息した。

「さあ、急ぎ上屋敷に向かうぞ。ご家老さまにご報告いたさねば」

年嵩の藩士が、後藤をうながした。

三

薩摩藩上屋敷は桜田門を出たところにあった。

「なにっ、奥右筆組頭だと」

薩摩藩江戸家老小松帯刀《こまつたてわき》が驚愕した。

万石に近い家禄を誇り、代々江戸家老を世襲する小松帯刀は、奥右筆組頭の権力を知っていた。

「なぜ奥右筆が、藤田に興味を……」

小松帯刀が悩んだ。

「ご家老」

年嵩の藩士が声をかけた。

「なんじゃ、伊佐木《いさき》」

「お聞かせ願ってよろしいか。藤田幾馬など我が藩にはおりませぬのに、なぜ、尋ねてくる者があり、その者のことを警戒いたさねばなりませぬのか」

伊佐木と呼ばれた年嵩の藩士が質問した。

「そなたの知ってよいことではない。儂は今から殿にお目通りを願わねばならぬ」

「差し出たことを申しました」

あわてて伊佐木が詫びた。

「殿のご意向をうかがって参るゆえ。しばし待っておれ」

小松帯刀が腰をあげた。

薩摩藩主島津重豪《しげひで》も奥右筆組頭が嚙《か》んできたことに頰《ほお》をゆがめた。

「いかがいたせばよいかの」

重豪が小松帯刀に相談した。

「御前にお話を」

「いや、それはなりますまい」

小松帯刀が止めた。

「御前さまは、なかなかに厳しいお方。奥右筆組頭一人で扱いかね、お袖にすがるなどいたせば、薩摩の軽重が問われまする」

「ううむ」

重豪がうなった。

「しかし、もとはといえば、御前がもちこまれた話ではないか。手助けを求めたところで、文句を言われる筋合いはなかろう。薩摩だけが危ない橋を渡る理由はない」

将軍の舅《しゅうと》として、諸大名を睥睨《へいげい》する重豪は、そのじつ気弱であった。

「殿よ」

膝を小松帯刀が進めた。

「落ちつかれませ」

「う、ううむ」

門閥《もんばつ》家老の迫力に、重豪が引いた。

「薩摩を潰《つぶ》すおつもりか」

「…………」

「金がないのでござるぞ。おわかりでございましょう。御前の目こぼしで抜け荷ができておるのでございまする。今、収入が途絶えれば、薩摩は終わりでございますぞ」

小松帯刀が苦い顔をした。

薩摩藩の財政は幕府開闢《かいびゃく》のころ、すでに破綻していた。参勤交代と江戸藩邸の諸費用がかかったからである。

武家諸法度により決められた参勤交代は一年ごとに国元と江戸を行き来しなければ

ならない。江戸から四百十一里（約一六四四キロメートル）も離れた鹿児島への参勤交代に要する費用は、薩摩にとって大きな負担であった。

また米や野菜などを自給できる国元と違い、すべてを買わなければならない江戸に大きな藩邸を抱えなければならないのも窮乏に拍車をかけた。

江戸詰の藩士は、全体の三分の一ていどでありながら、その掛かりはじつに薩摩藩の収入の七割をこえていた。

桜島という火山を抱える薩摩はもともと物成りがよくなかった。毎年の費《つい》えが増えただけでもきびしいところへ、幕府のお手伝いが続いた。

そこへ重豪の政《まつりごと》が拍車をかけた。島津分家から本家へ迎えられた重豪は、一門衆から軽視されぬようにと次々に新政策を実行した。藩校、医学館の新設など有意義なものであったが、多くの金を必要とした。さらに重豪は、藩主としての威厳を確固たるものにするべく三女茂姫を徳川一門へ嫁にと、賄賂《わいろ》を使って運動した。

藩士たちの俸禄を借りあげるなど序の口で、切り詰められるところは徹底して排除してもまだ足りず、江戸大坂の商人から借りた金は百万両に達していた。このままでは生きていけぬと薩摩藩は、ついに国禁を破って密貿易に手を出した。

幕府の目の届かない琉球《りゅうきゅう》を窓口に、清《しん》や朝鮮と交易し、そのあがりで藩の窮乏を支えようとした。

鎖国は幕府の祖法である。キリシタン禁令とあいまって、密貿易はもっとも重い罪であった。

表沙汰《おもてざた》になれば、藩主は切腹、家は取り潰しとなる。薩摩は幕府に漏れぬよう国境を閉じてまで秘密を保持しようとしたが、一橋治済には知られていた。

「そのていどのことも処理できぬと、御前に思われましたら、薩摩は不要とばかりに切り捨てられかねませぬ」

小松帯刀は薩摩に難題を持ちかけてくる治済を嫌っていたが、その持つ権力の大きさは認めていた。

「儂は御台所の父ぞ。将軍の舅ぞ」

重豪が反発した。

「それがよろしくないのでございまする」

小さく小松帯刀が首を振った。

「御前のお考えは、自らが江戸城の主になられることでございまする。御台所の舅にあたる殿に国禁破りがあったとなれば、今の将軍家には大きな傷でございましょう。まず御台所さまは離縁。しかし、それだけでおさまりはつきますまい。老中方のなかには、いやほとんどのお方が、薩摩の血筋を将軍に入れることをよしとはされておられませぬ」

「敦之助ぎみを廃するというか」

大きく重豪が息を吸った。

敦之助とは、茂姫と家斉の間に産まれた子供である。五男ではあるが、正室の産んだ子供が正統とされるため、もっとも十二代将軍の座に近い。

「ただ排除するだけでは、お家騒動のもとを残すことになりかねませぬ」

「まさか……」

「おそらく。そうしておいてから、十一代さまを大御所になされ、十二代に家斉さまのお子さまでないお方をつけられることになりましょう。こうすれば、薩摩の影響は完全に除けまする」

「その十二代に御前が……」

「………」

無言で小松帯刀がうなずいた。

「敦之助さまのこともございまするが、なんといっても藩の存亡にございまする。敦之助さまが十二代さまになられたはいいが、薩摩がなくなっていたでは、意味がございませぬ」

　小松帯刀が告げた。

「たかが奥右筆ごときに傷付けられるほど薩摩は脆《もろ》くはないぞ」

　重豪が強がった。

「殿、少しはお考えくださいませ。あの御前が、なんのために大奥へ女中を入れたとおぼしめされる。それも御台所の実家である、我が薩摩藩の名前を使って」

「それは……」

　詰め寄る小松帯刀に重豪は口ごもった。

「実家からあがった女中は、御台所近くで召し使われましょう。となれば、御台所さまと仲睦まじい家斉さまの側へ近寄ることもできましょう。殿、大奥に警固《けいご》の侍は入れぬのでございますぞ」

「ま、まさか……将軍家を……」

　さすがの重豪も気づいた。

「はい。それが成功しようがしまいが、女中の命はございませぬ。問題は、そのあとなので。女中の身元は当然調べられ、薩摩からあがったとなれば、どうなりましょう」

「薩摩が疑われる……」

「さようでございまする。御前の頼みとはいえ、お断りすべきでございました。もう、申しても詮《せん》なきことでございまするが、あのとき、殿がお断りくださったら……」

恨《うら》めしそうに小松帯刀が重豪を見た。

「あの場で断れるものか。抜け荷の弱みを握られておるのだぞ」

重豪が抗弁した。

「そこはいたしかたないとわかっておりまする。失敗は、下屋敷の者が奥右筆の出したちょっかいに乗ってしまったことでございまする。知らぬ存ぜぬでいてくれれば、万一のことがあっても、薩摩の名前を騙《かた》られたと強弁のしようもあったのでございまするが」

小松帯刀は、指示を徹底しなかった己《おのれ》を責めていた。

「薩摩を潰せた上に、将軍職も転がりこんでくるとなれば……」

「見捨てるどころか、足を引っ張りかねないか」

「なればこそ、奥右筆から話が幕閣に届く前に片をつけねばならぬのでございまする」

「わかった。奥右筆の一件は、いっさいをそなたに任せる」

ようやく重豪が腹をくくった。

「お引き受けいたしましてございまする」

小松帯刀は重豪の前からさがった。

じっと控えで待っていた伊佐木は、より厳しい表情になった小松帯刀に、おそるおそる問うた。

「いかがでございましょう」

「殿のお許しを得た。奥右筆を排除する」

「はっ」

伊佐木が平伏した。

「しかし、奥右筆組頭が斬死したとあっては、幕府の介入を避けられぬ。目立たぬようにいたせ」

「目立たぬようにとは、なかなか難しゅうございまする」

命じられた伊佐木がとまどった。

「ならば、薩摩の名前が出なければよい」

「人を雇いまするか」

伊佐木が提案した。

「いや。外の者にかかわりを持たせることはならぬ。それこそことをなしてから、藩へどのような要求をしてこぬともかぎらぬ」

はっきりと小松帯刀は拒否した。

「そなたも下屋敷におるならば、無頼どもの性質をよく知っておろう」

「……はい」

言われた伊佐木がうつむいた。

下屋敷に務める藩士で、博徒から金を貰っていない者はいなかった。

「あやつらは、隙あらば薩摩の家を食い荒らそうとしておる。たしかに金を渡せば、奥右筆組頭一人くらいなら、跡形もなく消してくれよう。しかし、その先にあるのは無限の要求よ。それこそ、金をよこせから侍身分にしてくれまで、一つかなえればまた次と、薩摩が潰れるまでしゃぶりつくそうとする」

唾棄《だき》するように小松帯刀が述べた。

「島津家の浮沈にかかわることじゃ。藩への忠誠を持つ者以外に任せられようはずもなかろう」

「…………」

黙って伊佐木は手を突いた。

「では、どのようにいたしましょうや。奥右筆の家へ押しこみましょうか、それとも帰途を襲い仕留めましょうか」

伊佐木が伺《うかが》いを立てた。

「任せる」

小松帯刀は、懐から金を出した。

「使え」

目の前に置かれた切り餅《きもち》に伊佐木が目を見張った。

「禄をいただいておりますれば、このようなお気遣いは……」

断ろうとした伊佐木を、小松帯刀が抑えた。

「悪いとは思うが、そなたたちには脱藩してもらう」

「脱藩……」

聞いた伊佐木が絶句した。

脱藩とは士籍を捨てて浪人となることである。藩から与えられていた禄高はもちろん、武士としての身分も失うことになる。

「そうじゃ。脱藩すれば、そなたたちがなにをしようとも藩はいっさい関係ない」

「…………」

非情な小松帯刀の目に伊佐木が震えた。

「もちろんことがなった暁《あかつき》には、旧に復してやる。いや、加増もしてくれる。伊佐木、そなた家格はなんじゃ」

「小姓組《こしょうぐみ》でございまする」

伊佐木が答えた。

薩摩藩は他藩にくらべて厳格な身分制度を敷いていた。小姓組とは、下から数えて三番目で、かろうじて鹿児島城下に住むことが許される低い身分であった。

「どうじゃ、小番格《こばんかく》にあげてやろう」

「小番格でございますか」

思わず伊佐木が身をのりだした。小番格とは家老を出すことはできないが、藩では上士の部類に入った。

「もう一度家名をあげたいとは思わぬか」

小松帯刀が、さらに誘いをかけた。

「ご存じでございましたか」

伊佐木が頰《ほお》をゆがめた。祖父の代に伊佐木の家は失策を犯し、家格と家禄を下げられていた。

「承知いたしましてございまする」

出された金を、伊佐木は懐に入れた。

「あと高橋の跡目は、相違なく許す。薩摩藩は、家のために死んだ者を、けっして疎略にはあつかわぬ。そなたたちも安心して、任へ進め」

小松帯刀が、最後の餌《えさ》を投げた。

四

呉服の間詰は、針仕事ができなければ役に立たなかった。

「なかなかによい指先でありまするな」

古参の女中が、藤田栄を褒《ほ》めた。

「母よりしつけられましただけで、とてもみなさまがたのようには参りませぬ」

藤田栄が謙遜《けんそん》した。

「その心構えがなによりじゃ」

すでに髪が白くなった古参の女中が満足そうにうなずいた。

「しかし、そなたほどの器量であれば、ご奉公にあがらずともそれ相応の家へ嫁に参れたであろうに」

古参の女中が言うほど、藤田栄の美貌《びぼう》は抜きん出ていた。

「とんでもございませぬ。わたくしのような者」

藤田栄は首を振った。

「なにかあったのかえ」

古参の女中が重ねて訊いた。

大奥にあがる女中は、下働きの者をのぞいて終生奉公が決まりであった。といって男を知らぬことは条件ではなかった。

一度縁づいて離縁された者もいた。藤田栄の体つきがおぼこでないことなど、古参の女中から見れば一目瞭然であった。

「約したお方があったのではございまする」

目を伏せて藤田栄が話し始めた。

周囲の女中たちが、手を休めて耳をそばだてた。城の外と隔絶された女だけの大奥に娯楽は少ない。他人の身の上話は、数少ない楽しみの一つであった。

「年が明ければ婚礼と申しておりましたが、その冬、ふと風邪を引いたのが始まりで、あっけなく……」

　絹から聞かされた作り話であった。婚礼が決まっていたならば、身体のつながりがあっても淫らと非難されることはなかった。

「まあ」

「おかわいそうに」

　女中たちが慰めの言葉を口にした。

「子供はできておらなんだのか」

　古参の女中が問うた。

「はい。子供だけでも授かっておればと思いましたが……」

「そうであったか。婚約だけとはいえ、二世《にせ》をちぎったのじゃ。二夫にまみえぬのが、貞女の証。大奥へご奉公にあがったは賢明ぞ。ここにおれば、男と会うこともない」

「生涯御台所さまにお仕えいたすつもりでございまする」

　顔をあげて、藤田栄が言った。

「さあ、まもなく夕暮れ、最後の一針を入れましょうぞ」

「はい」

古参の女中のかけ声に、一同が首肯した。

呉服の間最後の仕事は、針の数合わせである。

女中たちは、朝貸与された縫い針の本数をあわせて、係の者へと返す。係の女中は、声をあげて本数を確認し、台帳に返却ずみと記載するのだ。

御台所や姫さまがたの衣服を縫うだけに、針の管理は厳重であった。万一、衣服に針が残っていて、御台所らの身体に傷をつければ大事になる。一本でもあわなければ、見つかるまで呉服の間を出ることは許されなかった。

「よろしゅうございましょう」

係の女中が声を張りあげて、呉服の間の一日が終わった。


忌日などにあたり大奥で夜を過ごさなかった翌朝でも、将軍は御台所のもとへ挨拶《あいさつ》に訪れるのが慣習であった。

「上様、総触れにお見えでございまする」

使い番の女中が家斉の来訪を各所に報せて回った。

総触れとは、毎朝将軍が御台所とともに、目見え以上の女中たちから、朝の挨拶を受ける儀式のことである。

家斉は、朝食前の空き腹を抱えて、上お鈴廊下を渡ったところにある将軍御座所《ござしょ》へ来た。

「御台所さま、お見えでございまする」

上臈《じょうろう》に先導されて、茂姫が御座所に入ってきた。

「ご機嫌うるわしゅう」

「うむ。御台もつつがないようで、祝着《しゅうちゃく》」

将軍御座の間上段に家斉と茂姫が並んだ。

「お目通りを願いまする」

御台所付き上臈の合図で、大奥女中たちが将軍御座の間へと集まってきた。

上臈と側室は、御座の間下段、目見え以上の女中は身分に応じて、二の間、三の間へと座を決めた。

衣擦《きぬず》れの音が家斉の耳を圧した。

「いかがなされましたのか」

茂姫が気づいた。

「いや」

家斉は首を振ったが、毎朝の苦行にへきえきしていた。

毎日のこととはいえ、人数が多いため、皆がそろうまでかなりのときがかかった。

「そろいましてございまする」

お使い番頭の女中が告げた。

「御台所さま、上様、ご機嫌うるわしゅう存じあげたてまつりまする。大奥一同およろこび申しあげまする」

上臈が甲高い声で述べた。

大奥の礼儀作法は、朝廷を模していた。作法を伝えるため、代々大奥の上臈は公家の娘が任じられてきた。

「皆もな。よく仕えてくれるように」

大奥の主は御台所である。総触れへの応答は御台所の仕事であった。

「うむ」

退屈そうに首肯した家斉を上臈が見た。

「……はあ」

睨《にら》むような目つきに、家斉は嘆息した。

半刻（約一時間）近い我慢の末、ようやく家斉は解放された。

「表に戻る」

「お気をつけておいでなさいませ」

立ちあがった家斉を茂姫が見送った。

居並ぶ女中たちの間を縫って、御休息の間を出ようとした家斉は、ふと気配を感じて顔を左へ向けた。

御休息の間上段の左三の間には、お目見えながらあまり身分の高くない女中たちが座っていた。

一様に頭をさげ、家斉を見ないようにしているなかで、一人だけ顔をわずかながらにあげている女中がいた。

藤田栄であった。

「ふむ」

一瞬家斉は足を止めた。深川のもっとも安い岡場所で長く男に抱かれるだけの毎日を送ってきた藤田栄の雰囲気は、家斉が見たどの女とも違っていた。

口を開きかけた家斉だったが、結局声をかけなかった。

将軍の仕事は御用部屋からまわされてきた案件にうなずくだけである。

「……川の護岸杭が腐りつつあるとの報告が普請《ふしん》奉行より参っております。記録によりますれば前回の修繕は、今を去ること六代、五代将軍綱吉さまの御世……」

「よきにはからえ」

ながながと説明する老中太田備中守資愛《すけよし》を、家斉がさえぎった。

「……上様。せめて最後までお聞きくださいませ」

太田備中守が、家斉をたしなめた。

「わかった、わかった」

家斉は太田備中守へ手を振った。

「いえ、本日は僭越《せんえつ》ながらご意見申しあげさせていただきまする」

背筋を伸ばして、太田備中守が家斉を見た。

「上様におかれましては、政にあまりご興味がおありではないごようす。征夷大将軍として幕府を統括する将軍家として、いかがなものでございましょう。古く神君家康さまの事績を繙《ひもと》くまでもなく、上様の曾祖父《そうそふ》にあたられまする八代将軍吉宗さまは、朝から日が暮れるまで、寸暇もなく政務にお励みになられた……」

太田備中守が延々としゃべり始めた。

「越中守を呼べ」

家斉が不意に叫んだ。

「備中守、政のたいせつさは、よくわかった。どれ一つとしておろそかにできぬこともな。なれば、余に意見するより一つでも案件をこなすべきであろう。余への説教は、引退した溜間詰《たまりのまづめ》にさせればよい」

「……それは……」

勢いをそがれて、太田備中守が口ごもった。

「であろう。誰《たれ》ぞ、越中をここへ」

将軍にこう言われてはしかたなかった。小姓組の一人が小走りに出ていった。

気まずい沈黙が、将軍御座の間に拡がった。

「上様、お呼びとうかがいまして参上つかまつりました」

そこへ松平越中守定信が現れた。

「これは、御老中どのではないか。上様へお話か。ならば、おわられるまで遠慮いたすが」

定信が話しかけた。

「かまわぬ。近《ちこ》う参れ。越中、太田備中が余に政務をまじめに執《と》れと申すのだ。それほど、余はいたらぬか」

家斉が語った。

「備中守どのよ。上様のご信託を受けて政をなすのが、執政の任。ならば、上様のことを云々《うんぬん》いたすより、お耳に届くおりにはご報告するだけでことたりるよういたすのが、貴殿たちの仕事でござろう。上様にご意見申し上げるは、我ら溜間詰の役目」

「……さようでございました」

八代将軍吉宗の孫で、長く老中筆頭の座にあった定信のことを、太田備中守は苦手としていた。

「では、上様」

詫びの言葉は口にせず、そそくさと太田備中守が去った。

「皆遠慮せい。約束どおり、越中に叱られるゆえ」

家斉が人払いを命じた。

政に熱心でない家斉が定信に意見されるのは日常茶飯事である。小姓たちは心得ているとばかりに姿を消した。

人気がなくなるのを待って、定信が御座の間上段へと近づいた。

「あれはどうなった。津軽の一件は」

家斉が声をひそめた。

「あまり派手なことをするなと釘は刺しておきました」

定信の言う釘とは、津軽藩家老の暗殺であった。

「そうか。津軽は薩摩の隠れ蓑《みの》でしかない」

茫洋とした表情を消した家斉が言った。

「そして、薩摩は……我が父の道具」

家斉が苦い顔をした。

「上様……」

定信が絶句した。

家斉と定信は、犬猿の仲などではなかった。定信の才を家斉は信じ、定信は家斉の器量を買っていた。将軍家斉、大老定信でうまくいくはずだった幕政の足かせとなったのが、家斉の父治済であった。息子ではなく己が将軍になりたかった治済は、有能な定信を排除すべく、わずかな傷を大きく言いたて、ついに引退に追いこんだのだ。

「最近、父はどうされておる」

家斉は問うた。

「まったく動かれておりませぬ」

小さく定信が首を振った。

「あきらめてくれたわけではなさそうだの」

「はい」

血を同じくする君臣が顔を見あわせた。

「上様、そういえば一つご報告が。なにやら薩摩がみょうな動きを見せております る」

「薩摩がか。舅は世間が申すほど肚も据わっておらぬし、賢くもないぞ」

家斉は重豪の性質を見抜いていた。

「後ろで御前さまが糸を引いておられるのやも知れませぬ」

「で、なにをしでかしてくれるというのだ。抜け荷で南蛮渡来の大筒《おおづつ》でも買い付けたか」

ありえないことを家斉は口にし、苦笑した。

「御台所さまのところへ、大奥へ、人を入れたようでございまする」

定信が告げた。

「大奥へか。いったいなにをするつもりなのであろう、父上は。将軍などという堅苦しいものにそれほどなってみたいのか」

大きく家斉が嘆息した。

第三章　お止め流

一

上屋敷に戻った太田備中守《びっちゅうのかみ》は不機嫌であった。

「いかがなされましたか、殿」

出迎えた留守居役《るすいやく》田村一郎兵衛が、顔色をうかがうようにして訊《き》いた。

「越中守《えっちゅうのかみ》め、いまだ執政のつもりか。先達面《せんだつづら》をしおって」

太田備中守は、裃《かみしも》を散らかすように脱ぎ、あらあらしく腰をおろした。

「松平越中守さまが、なにか」

「今日も上様にご意見申しあげていたところ、しゃしゃり出てきおって……」

将軍御座の間であったことを太田備中守が語った。

「はあ……」

田村一郎兵衛はあいまいな返答をした。

老中の職務は幕府の政《まつりごと》を担うことであり、将軍への諫言《かんげん》は溜間詰《たまりのまづめ》の役目である。松平越中守の行動に問題はなかった。

「あのうるさき越中守を、江戸城から追放する手だてを考えよ」

憤懣《ふんまん》やるかたない太田備中守が命じた。

「ときがかかりまするが、よろしゅうございましょうか」

無理だとは田村一郎兵衛は言わなかった。

「金はいくらつかってもよいが、できるだけ早くいたせ。あやつがおるかぎり、余は首座になれぬ」

太田備中守が念を押した。

家斉の父一橋治済《はるさだ》との確執で、老中首座を辞めさせられたとはいえ、寛政《かんせい》の改革をおこなった手腕は健在であり、いまだ松平定信は隠然たる影響力を持っていた。

「お任せくださいますよう」

田村一郎兵衛は平伏した。

留守居役とは、藩の外交を一手に引きうける重要な役目である。幕府役人の接待から、商人との借金交渉まで担うだけに、家柄よりも能力が優先された。老中の留守居役ともなれば、下手な大名よりも力をもち、いろいろなところで顔がきいた。

「出てくる」

「これは、お留守居さま」

声をかけられた門番が、急いで潜《くぐ》りを開けた。

きびしい門限のある上屋敷でも留守居役だけは特別であった。

「うむ」

鷹揚《おうよう》にうなずいて、田村一郎兵衛は夜の江戸へ向かった。

「駕籠屋《かごや》」

江戸城の曲輪《くるわ》を出たところで、田村一郎兵衛は辻駕籠を呼び止めた。

「どちらまでやりやしょう」

「吉原《よしわら》へ。急いでくれ。酒手ははずむ」

「へい。おい、足に力をいれな」

「おう」

心付けを多めに出すと言われた駕籠かきが、奮いたった。

庶民の生活が豊かになり、遊郭へかよう者、酒を飲みに出る者と夜遊びも派手になり、日が暮れてからの人どおりも増えた。

田村一郎兵衛を乗せた駕籠は、遊客を追い抜いて走った。

「大門《おおもん》に着きやしたぜ」

たとえ大名であろうとも、吉原のなかまで駕籠ではいることは許されない。田村一郎兵衛をのせた駕籠が止まった。

「ご苦労だった」

懐《ふところ》から田村一郎兵衛は二分金を取り出して駕籠かきに渡した。

「こ、こいつはどうも。おい、お礼を言いな。こんなにいただいたぜ」

「旦那、すいやせん」

恐縮する駕籠かきを残して、田村一郎兵衛は大門を潜った。

当初、日が暮れてからの見世《みせ》開けを認められなかった吉原は、浅草へ移転してから昼夜の営業が許されるようになった。

「これは、田村さま」

大門脇にある番所から男衆が駆け出てきた。番所は大門内のできごといっさいに対処するのが仕事である。出入りする人の監視も任であったが、上客の案内も重要な役目であった。

「太助《たすけ》か。三浦屋《みうらや》はおるかの」

田村一郎兵衛が問うた。

「へい。ご案内を」

太助が先に立った。

吉原創業以来の名楼三浦屋の主《あるじ》三浦屋四郎右衛門《しろうえもん》は、見世の奥で算盤《そろばん》をおいていた。

「このような夜更けにお珍しい」

三浦屋四郎右衛門が、立ちあがって田村一郎兵衛を迎えた。

昼夜客を取ることができても、武士の門限にはかわりない。旗本、御家人、藩士の区別なく、武士の門限は暮れ六つ（午後六時ごろ）と定められている。武家の遊びは昼間と決まっていた。

「太夫《たゆう》に声をかけましょうか」

気をきかせた三浦屋四郎右衛門が敵娼《あいかた》を呼ぼうかと訊いた。

「風花《かざはな》と遊ぶならば、揚屋《あげや》に参るわ」

田村一郎兵衛が笑った。

吉原にはいろいろなしきたりがあった。そのうちの一つに、太夫は遊女屋ではなく、揚屋と称する貸し座敷へ招いて遊ぶというのがあった。太夫のもつ浮世離れした雰囲気が、裏方である自室を見せてしまうことで薄れるのを防ぐためのものであった。

「田村さまならば、そのようなことお気になさらずとも」

三浦屋四郎右衛門が、愛想笑いを浮かべた。

武士から金がなくなり、吉原での上客は商人へと変わった。ただ、藩の金を湯水のごとく遣《つか》える留守居役だけは、別であった。

「次はそうさせてもらおうか」

田村一郎兵衛は、世間話をそこで打ちきった。

「三浦屋。頼みがある」

「なんでございましょう」

真剣な顔をした田村一郎兵衛に、三浦屋四郎右衛門も表情を引き締めた。

「白河藩の噂《うわさ》を知りたい」

「……田村さま。それはお頼みになる相手をおまちがえではございませんか」

三浦屋四郎右衛門が、あっさりと断った。

「大門のうちは、外に出ないがしきたり」

男女の睦言《むつごと》ほどおそろしいものはなかった。他では話せないことでも、身体《からだ》をかわした相手には油断からしゃべることがままある。吉原には、どこの町内で猫の子が生まれたから、幕府の秘密まで転がっていた。

しっかりと田村一郎兵衛の目を見ながら、三浦屋四郎右衛門が告げた。

「吉原は苦界。世間から切り離された場所でございまする。大門のうちであったことは、吉原のなかでうたかたのように消えまする」

閨《ねや》での秘めごとが外に漏《も》れるとなれば、吉原から上客の姿が消える。一夜で数十両から数百両落としてくれる馴染《なじ》み客が来なくなれば、吉原はどこにでもある岡場所と同じになってしまう。それは徳川家康から江戸唯一の遊郭と公許された吉原の死でもあった。

「三浦屋」

しずかに田村一郎兵衛が呼んだ。

「千住《せんじゅ》に移りたいか」

「……な、なにを」

言われた三浦屋四郎右衛門が、驚愕《きようがく》した。

「江戸には毎年何千の人がやってくる」

東北であった天明の大飢饉《だいききん》を例に出すまでもなく、年貢に耐えかねた百姓が、圧政から逃れるために田を捨て、江戸へ仕事を求めて来ることは日常茶飯事であった。

「やってきた民を追い返すことは簡単ではない」

田舎ならば人別《にんべつ》を確実に把握できても、百万の人を抱える江戸では、無宿人を選別することは難しかった。

「かと申して、放置しておけば、家も金もない連中は盗人になるか、博打《ばくち》うちになるかで、ろくなことをせぬ」

話がしみとおるよう、田村一郎兵衛はゆっくりとしゃべった。

「そこで殿は、そのような者たちに住む家を用意してやればよいと、お考えになられた。家があれば、職人になることも、仕事を請けることもできる」

毎日現場の変わる人足仕事でも、口入れ屋をとおさないとできなかった。そして、口入れ屋は人別を調べないが、住所の定まらない者には仕事を与えなかった。

「家を造るには、土地が必要であろ」

田村一郎兵衛が言った。

「…………」

三浦屋四郎右衛門の顔色が白くなった。

吉原には痛い過去があった。

当初吉原は江戸城大手門に近い日本橋茅場町《かやばちよう》にあった。徳川が天下を取ったばかりのころは、それでよかった。しかし、天下の城下町として発展していくにつれ土地不足となった江戸の起死回生策として幕閣は悪所である吉原に目をつけた。

幕閣は吉原に日本橋からの立ち退きを命じた。昼見世だけしか許されていなかった吉原にとって、江戸の中心から遠ざかり、主な客である武士の訪問を失うことは、死活にかかわった。吉原は家康の御免《ごめん》を盾《たて》に強硬にあらがった。

そこへ明暦《めいれき》の火事が起こり、江戸のほとんどが焼けた。多くの遊女とすべての建物をなくした吉原は、幕府に逆らう力も尽き、昼夜見世の許可と引き替えに、日本橋から江戸のはずれ、浅草田圃《たんぼ》へと移転した。

「吉原を潰《つぶ》すおつもりか」

三浦屋四郎右衛門が、問うた。

もちろんその場にいたわけではないが、代々会所を預かる三浦屋四郎右衛門は、吉原の栄枯盛衰《えいこせいすい》につうじている。浅草へ移ったばかりの吉原が、どれだけ多くの客を失い、とりかえすのに、血を吐くような努力を必要としたことを知っていた。

「それほどたいした痛手ではなかろう。ここから千住までなら、歩いたところで半刻(約一時間)もかかるまい」

田村一郎兵衛がうそぶいた。

「おい」

低い声を三浦屋四郎右衛門が出した。

音をたてて三方の障子《しょうじ》が引き開けられ、匕首《あいくち》を構えた男たちが現れた。

「ほう。忘八《ぼうはち》を使うか」

臆《おく》せず、田村一郎兵衛が笑った。

忘八とは、吉原で下働きする男衆のことである。人のもつべき八つの徳、仁義礼智忠信孝悌を忘れた者との意味でそう呼ばれた。人殺しや夜逃げなどで落ちてきた者が多く、最後の居場所である吉原を守るためには、自らの命をも惜しまなかった。

「儂《わし》がここへ来ることは、殿もご承知ぞ」

田村一郎兵衛が嘘を告げた。

「吉原のことは、吉原で。大門うちでは死んだもの損が、さだめでございますよ」

三浦屋四郎右衛門は、気にしないと言った。

武士にとって遊郭で死ぬことは、末代までの恥であった。家が潰れることにもなりかねないため、隠しとおそうとするのがつねである。

「それがとおるご時世ではないぞ」

すでに吉原の特権は、幕府にとってないにひとしいと田村一郎兵衛は断じた。

「跡形もなく、死体を消してみせることもできまする。あとはしらをきりとおせばすむこと」

「やってみるがいい。儂が帰らずば、殿は吉原を疑おう。たしかに大門うちのことには手出しできぬかも知れぬが、外は町奉行の管轄《かんかつ》。やってくる客、出ていく客すべてに調べをおこなうことは可能じゃ。吉原でどこの女を抱いて、いくら払ったかを根掘り葉掘り訊いてやる。咎人《とがにん》を捜しておるとの名目さえつければ、文句はでるまい」

勝ち誇ったように田村一郎兵衛が笑った。

「……なにを」

そのようなことをされては、吉原へ人は来なくなる。客の来ない遊郭など、やっていけるはずはなかった。

「どうする、三浦屋。吉原を潰すか」

「…………」

三浦屋四郎右衛門は沈黙した。

「返事は今もらいたい。後日と引き延ばされて、大門外へ出てから殺されたんでは、意味がないでな」

決断を田村一郎兵衛は迫った。

「吉原一党にかかわりますことなれば、しばしお待ちを。酒の用意を。あと風花さんをここへお呼びしておくれ」

口調をもとに戻して、三浦屋四郎右衛門が出ていった。一礼して忘八たちも消えた。

待つこともなく、三浦屋の看板風花太夫が現れた。

「こりゃ主さま、なぜにこのようなところへおいでであありんすか。廓《さと》へお見えのせつは、浅黄屋《あさぎや》さんからあちきをお呼びくださるはずでござんす」

風花太夫が田村一郎兵衛の隣に腰をおろし、軽く肩をぶつけてきた。

「すまぬな。少し三浦屋に用があっての。今宵《こよい》はそなたに会う予定ではなかったのだ」

「薄情なお方でありんすなあ」

田村一郎兵衛に背を向けて、風花が拗《す》ねた。

武士に対して遊女がこのような対応をとっても許されるのも吉原だけであった。吉原は埒外《らちがい》、外での身分は大門うちで通用しない。また、吉原では客と遊女をかりそめの夫婦と規定していたこともあり、多少のことは大目に見られていた。女夫《みょうと》なればこそ、遊女が客に甘えられた。そして客は、遊女に安らぎを感じるのである。

「そう言うな。そうじゃ、今度の衣替え、白木屋《しろきや》で仕立ててやろう」

日本橋の白木屋で恥ずかしくないだけの着物を仕立てるとなれば、百両はかかる。留守居役にはそのくらいの金を自在に動かすだけの裁量が与えられていた。

「まあ、まことでありんすか。うれしい」

あっさりと風花の機嫌はなおった。

「このような殺風景なところではなく、あちきの部屋でおすごしなんし」

風花に手を引かれて、田村一郎兵衛は三浦屋の二階へとあがった。

吉原の太夫はかつて松の位、十万石の大名に匹敵すると言われていた。時代が下がるにつれ、吉原のありようも変わり、太夫の格も落ちたが、それでも吉原の華であることはたしかである。風花の部屋は二の間つきの立派なものであった。

「初めてだの。ここに入れてもらったのは」

隣に風花を張りつかせたまま、田村一郎兵衛が述べた。

「このようなことでもなければ、主さまを部屋へお連れいたしはしませぬ。ここは、あちきの舞台裏。いわば化粧をしていない女でありんす。女《おなご》の裏方なんぞ、殿方がご覧になるものではござんせん」

「やれ、そうならば、儂は得をしたのか、損をしたのか」

「あちきがこのていどの女とおわかりになられたでありんしょうから、損をなさったのでありんすよ」

微笑《ほほえ》みながら風花がしなだれかかった。

「いやいや、いつもと違う風花を見られただけでも得をしたのだ」

田村一郎兵衛は、風花の懐《ふところ》へ手を差しこんだ。

「もう……皆遠慮しやれ」

太夫には妹女郎という弟子のような遊女が何人かついている。風花は妹女郎たちを二の間へと追いやった。

「主さま……」

静かに襖《ふすま》が閉められ、風花が目を閉じた。

ひとしきりことが済んでも、三浦屋四郎右衛門は戻ってこなかった。

「てては、遅いでありんすなあ」

しどけなく乱れた裾《すそ》を整えながら、風花が言った。ててとは、父がなまったもので、遊女屋の主をさした。遊女たちの親代わりとの意味であった。

「なあに、ときがかかるのは覚悟のうえだからの」

風花が吸いつけた煙管《キセル》をくわえて、田村一郎兵衛はうそぶいた。

房事の疲れで田村一郎兵衛がうとうとし始めたころ、ようやく襖の外から声がした。

「田村さま、よろしゅうございましょうか」

客の応諾がないかぎり、けっして襖を開けないのは吉原の常識であった。ことの真っ最中であったならば、客が気まずいからである。

「主さま、起きなんし。てては、参りましてございまする」

「……ああ」

風花に揺り起こされた田村一郎兵衛は、大きく伸びをした。

「茶を点《た》ててくれ」

「あい」

遊女屋でもっとも偉いのは太夫の客であった。太夫とひとときの逢瀬《おうせ》を楽しむには、一回で十両をこえる金が必要であった。太夫の揚げ代はそこまで高くないが、さきほどの妹女郎や、忘八たちへの心付け、料理や酒の代金、さらに見世への祝儀などでふくれあがるのだ。

見世の主人を待たせることに、田村一郎兵衛も風花も気兼ねはなかった。

茶道の作法にかなった手つきで風花が茶を点て、田村一郎兵衛が喫した。

「けっこうなお手前でござった」

「お粗末さまでござんした」

廓《くるわ》言葉ながら、みごとな礼を風花が返した。

太夫とは見目だけでなれるものではない。上客と対話できるだけの素養を身につけねばならず、お茶お花詩和歌などに精通していなければならなかった。

「では、ちと行ってくる」

「あい。いってらっしゃいまし」

立ちあがった田村一郎兵衛の身支度《みじたく》を風花が調《ととの》えて、見送った。

襖を開けた廊下に三浦屋四郎右衛門が座っていた。

「待たせたの」

「いえ」

ていねいに三浦屋四郎右衛門が頭をさげた。

「畏《おそ》れ入りまするが、一人同席をお許し願えましょうか」

「かまわぬ」

田村一郎兵衛は首肯《しゅこう》した。

三浦屋の居室に戻った田村一郎兵衛を初老の男が待っていた。

「初めてお目見えいたしまする。西田屋《にしだや》の主、庄司甚右衛門《しょうじじんえもん》でございまする」

西田屋甚右衛門が手をついた。

「田村一郎兵衛じゃ。見知りおいてくれ」

上座に田村一郎兵衛は腰をおろした。

「吉原惣名主《そうなぬし》の登場とは、大仰《おおぎょう》にしたの」

田村一郎兵衛は、三浦屋四郎右衛門へ顔を向けた。

吉原惣名主とは、廓内いっさいの責任を負う人物のことである。家康から御免色里の許しを得た初代庄司甚右衛門以来、代々の世襲であった。

「廓《さと》の存亡にかかわりますれば、惣名主の意見もうかがわねばならぬと考えまして」

三浦屋四郎右衛門が言いわけをした。

「おもしろいことを申してくれる」

小さく田村一郎兵衛が笑った。

「三浦屋四郎右衛門を断罪できる吉原惣名主を巻きこむことで、責任を一人でかぶるのを避けただけではないか、三浦屋」

田村一郎兵衛の指摘に、三浦屋四郎右衛門が頬《ほお》をゆがめた。

「では、承諾でよいのだな」

三浦屋四郎右衛門から西田屋甚右衛門へと田村一郎兵衛は目を移した。

「どちらに転んでも吉原は存亡の危機。ならば、御老中さまにしたがうがよろしかろうと思案つかまつりましてございまする」

西田屋甚右衛門が平伏した。

「よき考えぞ。うまくことが運べば、かならず吉原のためになろう」

それだけ言うと、田村一郎兵衛は立ちあがった。

「夜が明けるまで寝させてもらおう。朝食は粥《かゆ》で頼むぞ」

大あくびをしながら田村一郎兵衛は風花の部屋へと帰った。

二

いつものように書付《かきつけ》に埋もれていた併右衛門は、隣席の同役加藤仁左衛門が、小さな声を漏らしたのを聞き逃さなかった。

「どうかなされたか」

併右衛門は問うた。

「いや、いまどきめずらしい届け出じゃと思いましてな。思わず声を出してしまいましたわ」

恥ずかしそうに加藤仁左衛門が、笑った。

「めずらしいとはなんでござろう」

筆を止めて併右衛門が興味を示した。

「これでござる」

加藤仁左衛門が、一枚の書付を併右衛門に見せた。

「拝見……これは奉公構い届けではございませぬか」

併右衛門も目を大きくした。

奉公構い届けとは、藩士が不始末あるいは逃亡したときなどに提出するものであった。これを出されてしまえば、その者は幕府や他藩に仕官できなくなった。主《あるじ》に飽きたらぬ家臣が、あらたな奉公先を求めて浪人することが多かった幕初のころよく出された。有名な話として、福岡藩主黒田長政《ながまさ》と喧嘩《けんか》し、万石をこえる禄《ろく》を投げすてて脱藩した後藤又兵衛《またべえ》基次《もとつぐ》の例がある。勇将として名の知れていた後藤又兵衛を迎えようとした藩に黒田家は、戦《いくさ》も辞さずと脅《おど》しをかけたのだ。こうして仕官の道を断たれた後藤又兵衛は、豊臣家最後の戦いに身を投ぜざるをえなくなり、戦場の露と消え果てた。

「脱藩者でございますかな」

加藤仁左衛門に書付を戻しながら、併右衛門が言った。

「でございましょうが、五人とは多い」

書付に花押《かおう》を入れながら、加藤仁左衛門が首を振った。

「でございますな。今のご時世、一度禄を離れれば、二度と仕官はかなわぬと申しても過言ではござらぬに」

併右衛門も同意した。

四民の頭《かしら》でございといったところで、武士にはなにもできなかった。先祖から受けついだ禄を失えば、明日から食べていけないのだ。

「よほどまずいことをしでかしたか」

「藩が巻きこまれたくないか」

二人は顔を見あわせた。

「気にはなりまするが、なにぶん薩摩どのが届け。遅滞させるは……」

暗に加藤仁左衛門が見て見ぬふりをしておこうと告げた。

「それがよろしかろう」

すでに併右衛門は次の書付に筆を走らせていた。

いつもよりほんの少しだけ早く併右衛門は、桜田門を出た。

「まだ来ておらぬか」

併右衛門があたりを見まわした。

「いかがいたしましょう。歩まれましょうか」

若党が訊いた。

「進んでいれば、いずれ出会おうが、それでは迎えの意味がない。ここで待つぞ」

併右衛門は、桜田門の脇に身を置いた。

それほど待つことなく、衛悟が現れた。

「遅くなりました」

「迎えが出迎えられてどうする」

詫《わ》びる衛悟を、併右衛門が叱《しか》った。

「申しわけございませぬ」

衛悟は言いわけせず、頭をさげた。

「なにをしていた」

「お庭で稽古《けいこ》をさせていただいておりましたら、いつのまにか刻《とき》が経《た》っておりまして」

屋敷に残る併右衛門の一人娘瑞紀の警固《けいご》をするようになって、衛悟は道場へかようことができなくなっていた。

「不注意ぞ。刻限を守る。これはなによりもしなければならぬこと」

「肝《きも》に銘じまする」

もう一度頭をさげて、衛悟は先頭に立った。

「どうじゃ」

小言を終えて、併右衛門が尋《たず》ねた。薩摩へ手出しし、一度襲われている。併右衛門の危惧《きぐ》は、当然であった。

「今のところ、なんの気配もございませぬ」

衛悟は首を振った。衛悟もいつ敵が攻めてきてもおかしくはないと警戒していた。

「ふうむ。屋敷は大丈夫か」

併右衛門がつぶやいた。

立花家のある麻布《あざぶ》箪笥《たんす》町《まち》は小旗本の屋敷が建ちならんでいる。日のある間は人通りもあり、襲うにはなかなか難しかった。

「どうでございましょう。先日のこともございまするし」

質問されたわけではないとわかっていながら、衛悟は答えた。

「しばらくは、このままで行くしかないか」

嘆息を併右衛門がついた。

なにごともなく、併右衛門一行は屋敷に着いた。

併右衛門との同席は気詰まりであったが、夕食を馳走《ちそう》になる魅力にはかなわなかった。衛悟は、目の前に置かれた膳から目を離せなかった。

「今日は貝汁でござるか」

大ぶりの椀にあふれんばかりの浅蜊《あさり》が盛りあがっていた。

「うまそうでござるな」

衛悟が気がねしないようにとの配慮からか、大きなお櫃《ひつ》が隣に置かれていた。

「遠慮なくいただきまする」

深々と膳に頭をさげて、衛悟は食事に入った。

食事を終えて、入浴、そして就寝と、衛悟はほとんど実家へ戻っていなかった。

たまに着替えを取りに帰ると、なにか実家の雰囲気が変わってしまったような気さえ衛悟にはした。

しかし、立花家にすべてをゆだねるわけにはいかない。衛悟は汚れものをもって三日に一度実家に戻っていた。

「衛悟、ちょっと来い」

非番で屋敷にいた兄賢悟が、衛悟を呼んだ。

「立花さまでずっとお世話になっておるが、よいのか」

当主として、賢悟は部屋住みの弟に責任があった。

「任でございますれば」

「当初は、迎えだけというお話だったはずじゃ。それが、いつの間にやら住みこみのようになっておる。よいか、衛悟。そなたは部屋住みとはいえ、三河《みかわ》以来の旗本柊家の一門ぞ。けっして立花家の家臣ではない。陪臣《ばいしん》になるなど、柊の面汚しである」

賢悟は衛悟を糾弾《きゅうだん》した。

「はあ」

衛悟はなまはんかな返事しかできなかった。

養子先を見つけられなかった衛悟を、役立たずとか無駄飯食いとか、賢悟は毎日のように罵った。

旗本の矜持《きょうじ》などとうの昔に兄賢悟の言葉によって粉砕されている。

月二分の用心棒とはいえ、己《おのれ》の食い扶持《ぶち》を稼ぐようになった衛悟にしてみれば、賢悟の話などいまさらなにをか言わんやでしかなかった。

「ところで、養子口の話はどうなっておるのだ」

ひとしきり文句をつけたところで、賢悟が本題に入った。

「探してはくださっておるのでございまするが……」

話しながら、衛悟は信じていなかった。すべてのことが終わるまで、併右衛門は養子口を探さないだろうなと、最近思うようになっていた。

「急げよ。嫁入りと同じで、養子にも歳ごろというのがある。三十路《みそじ》をこえては、まずろくなところはないと思え。こぶつきの後家か、朝から晩まで内職に汗を流さねばならぬほどの借金もちかぞ。養子先は見つけねばならぬが、柊の家に仇《あだ》をなすようではいかぬ。少しでもためになるところへ行け」

「はあ……」

実家へ金を借りに来るようなところへは、行くなと賢悟が言っていた。

「わかればよい。さがれ」

賢悟の意見はおわった。

「では、これで」

そそくさと衛悟は着替えをもって、立花へと逃げた。

口うるさい兄のあとには、瑞紀が待っていた。

「ずいぶん、お暇がかかりましたこと」

衛悟に貸し与えられている部屋の前で瑞紀が座っていた。

「いや、あの、兄につかまりまして……」

「兄上さまに……なにかございましたか」

瑞紀が不安そうな顔をした。

「まさか、養子の口が見つかったのでは」

「いやいや、そのようにめでたいお話ではありませぬ。いつまで立花さまのお世話になっておるのだと叱られて参りました」

衛悟は述べた。

「さようでしたか」

ほっとした顔で瑞紀が納得した。

「昼食のご用意をいたしますゆえ、しばしお休みになってくださいませ」

機嫌をなおした瑞紀が、台所へと去っていった。

昼間旗本屋敷の表門は閉じられている。

「あそこか……」

少し離れたところから、立花家を見ている者がいた。

「伊佐木どの、奥右筆組頭だと気を遣っておりまするが、屋敷はさして大きくもございませぬ。あれならば、家臣の数もしれておりましょう」

「溝渕《みぞぶち》の申すとおりでござる。たとえ、家臣が思った以上に多かったところで、江戸者でござろう。肚《はら》も身もできてはおりますまい。拙者一人で十分でござる」

新たに参勤交代で江戸に出てきていた薩摩藩士四人が、伊佐木につけられていた。

「甘く見るな。高橋があっさりとやられたのだ。なかなかにできる用心棒がおる」

伊佐木がたしなめた。

「高橋……示現流《じげんりゅう》の稽古にも耐えられなかった奴でござろう。のう、門前《もんぜん》」

溝渕が笑いながら、最初の一人に同意を求めた。

「直心影《じきしんかげ》など、踊りでござる。高橋ていどの者を倒したからと申して、なにほどのことがござろう」

門前がうなずいた。

「示現流に敵なし」

二人がうなずいた。

薩摩藩お止め流である示現流は、二の太刀を要《い》らずと豪語し、一撃必殺を旨《むね》としていた。その稽古も他流とはまったくことなっていた。示現流の稽古は、庭に植えられた一本の木を折れるまで毎日毎日木刀で打ち続けるのだ。それも天を刺すように高々とあげた上段から、全身の力をこめて撃ちおろすだけである。

他流のように、上段、下段、袈裟懸《けさが》けなどの技はいっさいなく、ただそれを延々とくりかえす。単純ではあるが、黙々と一日何百、何千と刀を振るうのはかなりきつい。両手の皮など半日も経たずして剝《む》けてしまう。なにより、けれんがないだけに、やっていて飽きてしまうのが大敵であった。

しかし、示現流の稽古は、じつに考えつくされていた。

同じ動きをくりかえすのは、決まった筋を使い、鍛えあげることでもあった。一刀両断の左右袈裟懸けに必要な筋だけが発達することで、一撃に早さと重さがつく。示現流の太刀に熟練した者の一刀は鎧武者《よろいむしゃ》さえも両断した。

「…………」

やはり示現流を修得している伊佐木もそれ以上は言えなかった。

「屋敷に躍りこむか」

門前が溝渕を誘った。

「いや、待て」

さすがに伊佐木が止めた。

「ことを大げさにしてはまずいと、ご家老さまから念を押されたであろうが」

旗本屋敷に忍びこむならまだよかった。だが、薩摩藩士には忍や盗賊の経験がない。潜《くぐ》りを蹴り破るくらいならまだしも、下手すれば大門を破壊してしまいかねなかった。いかに脱藩したとはいえ、旗本屋敷にもと薩摩藩士が暴れこんだとなれば、島津家は無事ですまなかった。

「なあに、やってしまえば、ご家老さまも認めざるを得ぬであろう」

溝渕が不敵な笑いを浮かべた。

「そうよ。なにせ、我らは藩籍を失ってまで忠義を尽くすのだ。手だては任していただいてもばちはあたるまい」

門前がのった。

「伊佐木どのよ。なにより急がねばならぬのではないかの。我らはことをなしたあと、国元に戻され、それ相応の待遇を受けることになっておるが、あまりときをかけては、よくあるまい。脱藩したとの噂が国元に届いてしまえば、その者が罪とがなく出世しては、疑心を招こう。藩のうちとはいえ、拡がってはまずいのではないか」

「ううむ」

言われて伊佐木もうなった。

すでに脱藩の事実は幕府へ届けられていた。五人の脱藩は、今のところ藩の重役だけしか知らないが、どこから漏れないともかぎらなかった。

「めだたず迅速にとなれば、屋敷のなかにかぎる。外ではいつじゃまが入らぬともかぎらぬし、なにより他人目《ひとめ》がある」

溝渕が述べた。

「それに屋敷のなかで、斬り殺されたとなれば、あちらも都合が悪かろう。それこそ、家を守るため、討ち入られたことも含め、すべてを隠してくれましょうぞ」

重ねて溝渕が言った。

「わかった。今宵《こよい》、奥右筆組頭《おくゆうひつくみがしら》が帰ってきたところを……」

伊佐木もついに首肯した。

夕刻、いつものように立花家を出た衛悟は、屋敷を包む嫌な感触に気づいた。

「いよいよか」

見送りにと潜り戸へ近づいた瑞紀を、衛悟は目で押しとどめた。

「……衛悟さま」

衛悟の合図に瑞紀が気づいた。

「万一のおりは、近隣に助けを求められますように」

「はい」

すなおに瑞紀がうなずいた。

「ご安心を。父上どのはかならず無事に連れ帰りますゆえ」

「お願い申しあげまする」

瑞紀が不安そうな顔で衛悟を見あげた。

しっかりと瑞紀へ首肯して、衛悟は桜田門へ向けて歩きだした。

「二つ、三つ。三人ついてくるな。これで全員ではなかろう。何人か残したであろうが、お城下であまり思いきったまねもできまい。総勢は五、六名と考えるが妥当か」

つけてくる気配を衛悟は数えた。

こういう日にかぎって、併右衛門の下城は遅い。

「まだか……」

衛悟は焦《じ》れた。

「待たせたようだな」

門限ぎりぎりに併右衛門が桜田門から出てきた。

「なにがあった」

焦《あせ》る衛悟の表情に、併右衛門が気づいた。

「瑞紀は無事か」

すぐに併右衛門は思いあたった。

「いまのところ……」

併右衛門があわてたことで、衛悟は逆に落ちついた。

「今宵か」

「帰途も注意が必要かと」

衛悟は告げた。

「頼んだぞ」

すがるような目で併右衛門が言った。

「承知つかまつっておりまする」

首肯して、衛悟は先頭に立った。

いかに修羅場を経験したとはいえ、緊張を持続するのはなかなかに難しい。まして、真剣勝負をやったこともない者にとって、殺気を内に収めたままで敵を見続けるのは拷問《ごうもん》に近かった。

「伊佐木氏《うじ》、ここでやってしまおうではないか」

脱藩した五人のなかでもっとも若い者が言った。

「ならぬ権堂《ごんどう》。まだ屋敷までかなりある。このようなところで仕掛けては、残った門前たちとの連携ができぬ」

伊佐木が止めた。

「要はやってしまえば、よろしいのでござろう」

権堂の目がつりあがっていた。

「たわけ、屋敷のなかでやればこそ、旗本の変死は隠されるのだ。路上に死骸をさらしては、意味がない」

強く伊佐木が抑えたが、若い権堂は辛抱できなかった。己で自分の殺気に酔ってしまっていた。

「旗本を殺さなければいい。用心棒をやれば、後が楽になりますぞ」

権堂が走りだした。

「待て、権堂」

伸ばした伊佐木の手をかわして、権堂が駆けた。

「人を斬れる。人を斬れば、三蔵《さんぞう》に勝てる。道場ではいつも苦汁をなめさせられたが、真剣勝負を経験すれば、拙者が一枚上になる」

権堂は熱に浮かされたようになっていた。

太刀を抜くとまっすぐに立て、さらに速度をあげた。

振りまくような殺気で衛悟は、敵に気づいた。

「屋敷までお駆けくだされ」

衛悟はそう言い残して、立ち止まった。

「うむ。まかせる。死ぬなよ」

残ったところで役に立たないとわかっている。併右衛門は、若党たちを励まして、走った。

振り向いた衛悟は、彼我《ひが》の間合いが五間（約九メートル）をきっていることに驚いた。

「疾《はや》い」

太刀を構える間はないと衛悟は判断し、抜きはなった状態から腰を低くして斜め左へと体を進めた。

近づきながら権堂が、猿叫《えんきょう》と呼ばれる示現流独特の気合いをあげた。

「きぇあああああ」

勢いのまま権堂は真っ向から太刀を振りおとした。

一撃必殺、二の太刀のことを考えない示現流の一閃《いっせん》は、衛悟の予想よりも疾かった。

「くっ」

かわしたつもりの太刀が、衛悟の右肩を削《そ》いだ。

「つうう」

焼きごてを押しつけられたような痛みにうめきながらも、衛悟は止まらなかった。

低い体勢のまま足を送って、間合いを空けた。

「きええあああ」

狂ったように権堂が、追撃してきた。

剣の才能を云々《うんぬん》するとき、もっとも必要なのは、一度見たものを忘れないことであった。衛悟は権堂の剣筋を一度で見切った。

右肩にかなりの傷を負ったが、もともと剣は左で振るもので、示現流の威力を知る代償としてはまだ安かった。

「…………」

衛悟はぎりぎりで権堂の太刀をかわした。

はずれたとわかった瞬間に、地に落ちようとする太刀に権堂が制動をかけた。わずかながら、勢いが止まる。その機会を衛悟は待っていた。

二人の間合いは一間（約一・八メートル）ない。左手の太刀を衛悟は、小さく突きだした。

「くえっ」

みょうな声を権堂があげた。

己の腹に白刃が食いこむのを、権堂は他人事のように見ていた。

「ああああ」

背中まで貫かれて、ようやく権堂が苦鳴をあげた。

「ばかな……負けるはずが……ここで勝って……三蔵に思いしらせ……」

権堂の口から血泡が吹きだした。

「命のやりとりを道場へ持って帰れるわけないだろうに」

衛悟は太刀を抜いた。

「示現流、涼天覚清流より疾い」

刹那《せつな》、衛悟は愕然《がくぜん》とした。

「いかぬ。立花どのを」

示現流の剣筋に惑わされたことに気づいた衛悟は、肩の傷を放置したまま走った。

「くっ」

身体が揺れるたびに右肩に痛みが湧いた。衛悟は唇《くちびる》を嚙《か》みしめて駆けた。

「開けよ」

いつものような儀式をしている余裕はなかった。

若党は潜りを開けさせると、併右衛門を邸内に入れた。

「瑞紀」

「お父さま」

玄関脇には、たすきがけをした瑞紀が薙刀《なぎなた》を手にして立っていた。

「止《や》めよ。そなたごときでは、加勢にもならぬ。それこそ、衛悟の足をひっぱるだけじゃ。もののしい姿をはずし、柊へ行っておれ」

「いえ……」

「たわけめ」

言い返そうとした瑞紀を、併右衛門が怒鳴《どな》りつけた。

「衛悟を殺す気か」

「わたくしが、衛悟さまを」

瑞紀が絶句した。

「あやつは、己よりもおまえをたいせつにしよう。もし、おまえが敵の手に落ちれば、太刀を捨てかねぬ。そういう馬鹿ぞ。儂と衛悟が立ちむかわねばならぬ相手は、遠慮なく女子供でも殺すことができる。おまえは戦いに邪魔なのだ」

「じゃま……」

抱えていた薙刀を瑞紀が落とした。

「要らぬと申しておるのではない。おまえにはおまえの役目がある。そうであろう。人はなにかしらの役目をもって生きておる。かく言う儂は、立花の家を受けついだときより大きくして次に繋《つな》げるという役目がな。奥右筆組頭という地位も旗本としての身分も、そのためにある」

「役目でございまするか」

「うむ。そして、瑞紀。そなたの役目は、次の立花当主を迎え、その子を産み、育てることぞ。これはいかに儂でもできぬ。わかるか、将軍さまでも己の子を自ら産むことはかなわぬのじゃ。人は皆、女の腹から生まれる」

「子を産む……」

「そうよ。女が子を産んでくれねば、人は滅びる。男が外で戦い、より多くの禄を、より高い家格を求めるは、よき女を手にし、いい子を産ませるためじゃ。儂の戦いは、つまり孫の為なのだ」

併右衛門が説得した。

「瑞紀、おまえに万一があれば、立花の血は絶える。そうなれば、儂の今までやって来たことはどうなる。いや、先祖が営々と築きあげてきた実績は無意味となるのだ。頼む、聞きわけてくれ」

最後は哀願に近かった。

「わかりましてございまする」

瑞紀がたすきをほどいた。

「柊さまでお世話になっております」

「うむ」

やさしい微笑みを併右衛門が浮かべた。

「安江《やすえ》を連れて参りまする。夕餉《ゆうげ》の支度をまだいたしておりませぬゆえ、柊さまのお台所をお借りいたさねば」

瞳に涙を浮かべながら、瑞紀は未来を口にした。

三

立花家を見張っていた溝渕、門前は、あわてて帰邸した併右衛門を見て、顔を見あわせた。

「まさか、途中で仕掛けたのではあるまいな」

溝渕がつぶやいた。

「冗談ではないぞ」

門前が焦った。

「どうする。待つか」

「ううむ。用心棒の姿がなく、主が大門を開けさせもせず、あわてて屋敷に入った。やってくれたな、伊佐木め」

目に怒りを溝渕がこめた。

「奥右筆組頭を殺せば、全員を藩に戻し、家格を上げ禄を増やすとの約束だが、そこに区別がないとはご家老も口にされなんだ」

門前が溝渕に話しかけた。

「ああ。当然、高橋を殺したあの用心棒を倒した者、直接奥右筆をやった者には、格別の恩賞があってしかるべしよな」

溝渕もうなずいた。

「この任、どう考えても難しいのは用心棒よ」

「うむ」

「用心棒をやった者が功一等となれば……」

「ちっ、われらは伊佐木の口車にのったか」

唇を門前が噛んだ。

「たしか、伊佐木の家は、二代前に失策があって家格を二つ落とされたのであったな」

「うむ。家老を出せるほどではなかったが、組頭にはなれた。それが、今では平の小《こ》姓組《しょうぐみ》。今一度、栄光をと考えて当然だったな」

目を血走らせて、溝渕が述べた。

「……このままにしておけぬな」

「おう。用心棒はしかたないが、本尊はわれらでいただく」

うなずきあって二人は、物陰から姿を現した。

「どっちが奥右筆に止《とど》めを刺しても、功績は二分ぞ」

「承知」

太刀を鞘《さや》ごと引き抜いた溝渕が、それを足がかりに塀《へい》へ登った。

門前が残された太刀を拾いあげ、溝渕に手渡した。太刀を受けとった溝渕は、大門脇の潜りを開くために、屋敷のなかへ降りた。

なんの抵抗もなく、溝渕は潜りの桟《さん》をはずした。

「すまんな」

門前も入った。

「鍵をおろしておけよ」

「おう」

余人の介入を防ぎ、家人の逃走を少しでも阻害するため、溝渕が命じた。門が開かれないかぎり、なかで火事が起ころうとも、手出しをしないのが慣例であった。

「行くぞ」

太刀を抜きはなった二人は、玄関の板戸を蹴った。

「なんだ。これでは通れぬぞ」

門前が驚いた。

玄関の板戸の裏には、箪笥《たんす》や長持《ながもち》が障壁としておかれていた。

「おのれ……」

玄関からの侵入を二人はあきらめて、庭へと回った。

奥右筆組頭をしているだけに、立花家の庭はかなり金がかかっている。あちこちに石が据《す》えられ、立派な松がおいしげり、庭はまっすぐ進めないようになっていた。

「あの雨戸から」

溝渕が最初に見えた雨戸を蹴った。

雨戸の板はなんなく破られた。逆に、板が割れたことで、戸ははずれなかった。

「よし。もう一度」

足をふたたびあげた溝渕に向かって、穴から槍《やり》が突きだされた。

立花家の家士が備えつけられていた槍を持ちだしたのだ。しかし、まともに剣の心得もなく、修羅場を踏んだわけでもない家士の一撃は、溝渕の足の裏に傷をつけただけに終わった。

「うわっ」

思いがけない反撃に、溝渕が転んだ。

「槍……きえええええ」

突きだされたままの槍を、門前が斬りとばした。

「迂回《うかい》するぞ」

門前が溝渕をうながした。

小さな雨戸の穴からでも、外にいる二人の姿は月明かりで十分にとらえることができる。うかつに近づけば、ふたたび槍の攻撃を受けかねなかった。

二人は、庭の雨戸を後にした。

「ときをかせげばいい。倒そうと思うな。衛悟が来るまでの辛抱じゃ」

併右衛門は、家士たちに無理をするなと伝えていた。

「えいやあああ」

台所口へ回ると見せかけて、門前はさきほどの雨戸へそっと忍びより、いきなり示現流一の太刀を振るった。

薄い杉板の雨戸は、枠ごと斜めに両断された。

「………」

十分に開いた口へ、門前は飛びこまなかった。庭から縁側へは段差がある。これをこえるためには跳びあがるしかないのだ。空中にある間は、どれほどの達人でも攻撃をかわすことはできなかった。

「いないか」

すでに槍を遣った家士は、逃げていた。

「行くぞ」

「おう」

怪我した足をかばいながら、溝渕も屋敷のなかへ侵入した。

「雨戸を破られたか」

すさまじい気合いを聞いた併右衛門は悟った。

「庭の縁側からここまでどれだけときをかけてくれるかだな」

併右衛門が籠《こ》もっているのは、台所脇の炭小屋であった。

「忠臣蔵を、しかも吉良上野介《きらこうずけのすけ》を演じることになるとは、思ってもいなかったわ」

苦笑を己が浮かべたことに、併右衛門は驚いていた。

「ふむ。これが肚の据わりというやつか」

耳を澄ませて、迫り来る敵の足音を聞きながらも、併右衛門は落ちついていた。

「衛悟は、あの若さでこの境地に達していたか。剣術もなかなかのものよな。たしかに、命賭けて戦うことなどない泰平の世には不要なものでしかないが、戦国ではなにより価値はあったのであろう」

何度も死地を潜りぬけたことで、併右衛門は変わっていた。

五百石取りの旗本屋敷は、六百坪の敷地に三百坪ほどの平屋建てと決まっている。屋敷は幕府からの借りもので、自前のものではないから、造作《ぞうさく》をいじることもできなかった。

薩摩藩三田下屋敷の一万四千坪余にくらべると猫の額ほどであったが、一人の老人を探すには苦労する大きさであった。

「二手に分かれるか」

「いや、一緒がよい」

伊佐木に抜け駆けされたと思いこんだ溝渕が、門前に手柄を独り占めされるのはごめんだと拒否した。

「……わかった」

手柄は均等にと約したにもかかわらず、疑ってかかる溝渕に、あきらかな不満を浮かべた顔で門前も同意した。

二人があがったのは、主の居室、庭に面した書院前であった。

「ここにはおるまいが……」

「気をつけろ」

障子に手をかけた門前に溝渕が注意を発した。

「そうであったな」

言われて門前は、障子から手を離して太刀で斬りつけた。

「ちぇっすとおお」

障子の桟が折れずに切れた。

「誰もおらぬようじゃ」

なかを覗《のぞ》きこんだ門前が首を振った。

一つ一つの部屋を警戒しながら捜索することは、無駄にときを費やした。

「いたぞ」

門前の目に人影が映った。様子をうかがっていた家士が見つかった。

「逃がすな」

走りだす門前についていこうとして溝渕は、足の痛みに立ち止まった。

「待て、待て」

溝渕が呼び止めた。

すでに任を果たすことは目的でなくなっていた。他人に手柄を奪われないようにすることしか、溝渕にはなかった。

「罠かもしれぬ。焦《あせ》るな」

言われて門前の勢いが止まった。

罠という言葉に引っかかったのだ。

「仕掛けをする間があったとは思えぬ……」

仲間のなかに不信が生まれていた。

脱藩者二人と併右衛門の戦いを、じっと見ている者がいた。将軍家お庭番村垣源内《むらがきげんない》である。村垣源内は松平定信の命によって、併右衛門を見張っていた。

「おろかな……」

村垣源内がつぶやいた。

「屋敷うちに隠れた人を探す簡単な手があるというに」

平たく屋根に溶けこみながら、村垣源内が嘲笑《ちょうしょう》した。

「火をかければすむ。屋敷が燃えても隠れておられる者などおりはせぬ」

村垣源内が独りごちた。

併右衛門の屋敷から村垣源内の目がはずれた。

「ほう、ようやく用心棒の帰還か。送り狼をつけて用心棒と本尊を分断するとは、なかなか薩摩もやる」

村垣源内の瞳がすがめられた。

「助けるな、ただ見張るだけでよい、か。白河侯もなかなかに辛いことを命じてくれるものだ」

闇に戻りながら、村垣源内がぼやいた。


権堂を倒した衛悟は、周囲の気配をはかることなく走った。併右衛門と瑞紀だけの立花家が気がかりであった。

血刀を提《さ》げている衛悟の姿は、余人に見られればまちがいなく奉行所へ通報されるものであったが、さいわい武家町の門限を過ぎていたおかげで他人に見つかることはなかった。

立花家の門前はかわることなく静かであった。

「やはりか」

なにごともなければ、衛悟の帰還を待って、若党なり中間が立っていなければならない。安全だということを衛悟に報《しら》せなければ、どうなるか併右衛門は理解しているはずである。衛悟は問答無用で屋敷へ躍りこむに決まっていた。

「間に合え」

焦ったが、衛悟は冷静であった。敵に己の到着を教えることになりかねない、潜り戸を叩《たた》くという愚はおかさなかった。

己の実家の潜り戸の閂《かんぬき》が腐っていることを衛悟は思いだしていた。

「おうりゃあ」

潜り戸を蹴ると、あっさりと閂が折れ、戸が開いた。

「な、なんじゃあ」

柊家の門番も兼ねる下男があわてて顔を出した。

「下若さま」

源造《げんぞう》は躍りこんできた衛悟に驚愕した。

「なにを……」

「委細はあとだ」

衛悟は玄関ではなく庭へ回った。

柊家と立花家の境には一ヵ所ちょっとした破れがあった。子供のころ、瑞紀のもとへ遊びに行くのに通った破れを衛悟は、利用した。

勝手知ったる他人の庭である。衛悟はまっすぐに併右衛門の書院を目指した。

「なんだあ」

立花家ではなく隣の屋敷へ押しこんだ衛悟を見て、伊佐木は目を見張った。

「どういうことでござろう」

足を止めて残った配下が問うた。

「わからぬ。しかし、かかわりのない家を巻きこむわけにはいかぬ。二軒襲うなど愚か者のすること。できるだけひそかにせねば、あとあとの禍根《かこん》となる」

伊佐木は、周囲を見まわした。

「溝渕、門前……」

呼びかけに反応はなかった。

「あやつらも勝手にか。おのれ」

先走ったと気づいて、伊佐木は苦い顔をした。

当初のもくろみは、崩れていた。このまま退いて、小松帯刀にましな人員を手配して貰《もら》うという手もあったが、伊佐木は選ばなかった。薩摩では家格と同じほど歳の差がものをいうのだ。歳下の者を抑えきれなかったと小松帯刀に知られれば、藩に復帰してから出世の目がなくなる。

「いつかは、もとの身分に」

祖父の失敗で家格を二つも落とされた伊佐木は、父の願いを子供のころから聞かされ続けてきた。

その父が逝《い》って、当主となった伊佐木は、家格が落ちたことで掌《てのひら》を返した親戚や知人への恨《うら》みをも相続した。

「かならず執政にくわわってくれる」

伊佐木の悲願は、父のものをこえた。失敗はできなかった。

「行くぞ、結城《ゆうき》」

残った配下に伊佐木は声をかけ、立花家の塀を越えた。

四

衛悟の前に黒々と口を開けた雨戸が見えた。

「遅かったか」

足音を殺して、衛悟は縁側に近づいた。

耳を澄ますと、少し離れたところで、大きな物音がした。

「まだご無事のようだ」

縁側へあがろうとした衛悟は、足下に落ちている槍の穂先に気づいた。

「これは……立花家のもの」

住んでいるにひとしい衛悟は、すぐに槍が立花家伝来のものであることを思いだした。

「穂先に……血曇《ちぐも》り。浅いな」

衛悟は槍の穂先を右手に持った。

手当をしていない衛悟の右肩はほとんど上がらなくなっていた。なんとか指の力は残っていたが、とても涼天覚清流奥義霹靂《へきれき》を撃てる状態ではなかった。

衛悟は音もなく縁側にあがると、太刀で草鞋《わらじ》の紐《ひも》を切った。

藁《わら》を編んだ草鞋は、地を噛むが、よく磨かれた廊下では滑ることがあった。

もともと金のかかる足袋《たび》など衛悟は履《は》いていなかった。素足になった衛悟は足音を忍ばせながら廊下を物音へ向かって進んだ。

「くっ、玄関はふさがれているか」

玄関の板戸を開けようとした伊佐木は、焦った。

「庭へ向かっておるようで」

結城がくっきりと残った門前たちの足跡を見つけた。

「遅れるな」

伊佐木も庭へと駆けた。


障子や襖《ふすま》をすべて破りながら、門前と溝渕は併右衛門の姿を求めていた。

「手間じゃ」

「しかたあるまい」

焦り始めた門前に、足を引きずりながら溝渕が応えた。

草鞋を履いていたことで、溝渕の足から出た血は、床に跡を残さなかった。傷口が小さかったこともあるが、藁が吸いとってくれたからである。

「痛むか」

足下を気にする溝渕に門前が訊いた。

「少しな」

あらたな障子を斬り裂きながら、溝渕が答えた。

「見つけた」

襖や障子を気にする必要のない衛悟は、たちまち二人に追いついた。

「りゃああ」

問答無用で衛悟は、背後から斬りかかった。

「おう」

左手だけの一刀を、振り向きながら門前が弾いた。

「きさま、用心棒か」

門前が、太刀を下段に構えた。

涼天覚清流も示現流も基本は上段である。上段は屋外での戦闘で大きな威力を発揮するが、天井や梁《はり》、欄間《らんま》などがひしめき合う屋内では十分な動きができなかった。

「ちっ」

とんぼと呼ばれた独特の構えをとれなかった門前が舌打ちをした。

「…………」

溝渕も唇を噛んだ。

廊下の幅が狭く、二人でかかることができなかった。溝渕は門前の背後から見守ることしかできなかった。

「全員やられたか」

衛悟が現れたことは、味方の敗北を示していた。

「かなり遣う者ばかりであったが……」

溝渕も衝撃を受けていた。

「しかし、考えようによっては、つごうがいい。我ら二人で手柄を全部たてられる」

溝渕が告げた。

「それに、我らが先走ったことを報せる者はいなくなった」

ゆっくりと体勢を変えながら、門前も首肯した。

「ここは、拙者に任せて、奥右筆組頭を」

門前が叫んだ。

「う……うむ」

一番手柄が目の前にいたが、溝渕にはどうすることもできなかった。しぶしぶうなずいて、溝渕は背中を向けた。

「行かさぬ」

衛悟は右手に持った穂先を、手首の返しだけで投げた。

「あつっ」

力が入りきっていないため、致命傷とはならなかったが、穂先は溝渕の背中に突きささった。溝渕がうつぶせに倒れた。

「きいえええええ」

動いた衛悟に隙《すき》を見た門前が、下段の太刀を斬りあげた。

「……………」

一歩退くことで衛悟は、これをかわした。

「下段は伸びぬの」

少し大きめに見切りを取った衛悟は、思ったより遠くを過ぎた切っ先に声を漏らした。

「なにっ」

門前の気配が変わった。

「おはん、示現流を馬鹿にすっとか」

国なまりが出た。

「やはり、示現流だったか。噂には聞いていたが、上段の一刀は恐懼《きょうく》に値する。しかし、下段はなれておらぬようだ」

衛悟は、さらに門前の怒りをあおり立てた。

話しながら衛悟は、背後に人の気配を感じていた。

「示現流は、どのような状況でも無敵ぞ」

門前がじりじりと左足をすった。

すでに一足一刀の間合いに踏みこんでいる。ここで前に出るとは、死地に身を置くことであった。

「……ふうう」

糸のように細く衛悟は息を吐《は》いた。

「しぇいやあああ」

角度の浅い斜め上段の形になっていた門前が袈裟懸けに来た。

衛悟は片手で受ける愚を避け、思いきって前へ踏みこみ、左肩で門前の右肘《みぎひじ》を跳ねあげた。

「ぐっ」

振りおろしかけた太刀を止められた門前が、腕を引き出し、ふたたび撃を放った。

二人の間合いはなくなっていた。勢いのかけた門前の一撃は、片手の衛悟でも受けられた。

みょうな形での鍔迫《つばぜ》り合《あ》いになった。

「沈めええ」

鬼のような形相で門前が太刀に力を加えた。

「なんと」

衛悟は気合いを出して、押しかえした。

互いの力が拮抗《きっこう》している状況である鍔迫り合いから脱するのは、名人上手といえども難しい。力を出せば勝てるというものではなかった。押しきろうとしたところで、身体をかわされれば、勢い余ってつんのめり、無防備な背中を敵にさらすこととなる。

「ぐうううおお」

両手で門前が衛悟を押した。

「ぬうう」

衛悟も耐えたが、右手が満足に使えない状態である。そう長くはもたなかった。

「門前……」

衛悟の背後で声がした。

「生きていたか伊佐木」

敬称を門前はつけなかった。

「そのまま抑えておれ」

伊佐木が脇差《わきざし》を抜いた。

「ふざくんな。これは、おいどんが手柄ぞ」

門前が国言葉で怒鳴った。

「……なにっ」

あまりの剣幕に思わず伊佐木の動きが止まった。

「おはんは、そこで見ちょれ」

手柄を奪われてはたまらぬという門前の行動が、衛悟に勝機を与えた。命を賭けた真剣での鍔迫り合いで一瞬とはいえ、気をそらしたのだ。衛悟は隙を見逃さなかった。

「くおう」

痛みを無視して、傷ついた右肩を門前の左脇に食いこませ、持ちあげるように浮かせた。

「あっ」

あわてて衛悟へと注意を戻した門前だったが、手遅れであった。

一度崩れた均衡は、取り返せなかった。腰の伸びた門前は、衛悟の圧力から逃れるために体勢を入れかえようと左足を半歩下げた。

体重が後ろにかかり、衛悟の太刀を抑えていた力が軽くなった。

「りゃあああ」

衛悟は太刀をこじるようにして、門前の首へと切っ先を当てた。

「ひいい」

真剣の持つ凍気に門前が悲鳴をあげた。

衛悟は躊躇《ちゅうちょ》なく刃《やいば》を引いた。

夜目にも紅い血が門前の首から吹きだした。

「しまった」

伊佐木は、門前の言葉に動けなくなった己を悔やんだ。

絶好の機会を伊佐木は逃した。

「行きまする」

伊佐木を追いこして、結城が駆けた。

「きぇえええええええ」

示現流の気合いは己を鼓舞するとともに、敵を萎縮させる意味もある。結城が、耳を聾《ろう》するばかりの大声をあげた。

衛悟は倒れている門前を跳びこえて、間合いを取った。

同僚の死体を足蹴にするわけにもいかず、結城が歩幅を変えようとして、つま先を血溜まりへ踏みこんでしまった。

「……うわっ」

濡れた床板で草鞋が滑った。体勢をくずし、首を差しだすようにした結城へ、衛悟は太刀を袈裟に落とした。

たたらを踏んでとどまろうとした結城の目の前を白い光がとおった。

「えっ」

首根を裂かれて結城が絶命した。

「結城……」

見ていた伊佐木は呆然《ぼうぜん》となった。

薩摩藩でも有数の遣い手であればこそ、刺客に選ばれたのだ。その遣い手があっさりと倒された。

「場数が違う」

太刀を持っている伊佐木の手が震えていた。伊佐木は、腕よりも、経験の差こそ肝《かん》腎《じん》だと思い知った。

「来い」

衛悟は伊佐木に誘いかけた。

「…………」

伊佐木は無言で背を向けた。

「待て」

後顧《こうこ》の憂《うれ》いを断っておきたかった衛悟だったが、倒れている二人に邪魔されて、断念せざるを得なかった。

追跡をあきらめて振り返った衛悟は、息を呑《の》んだ。

「なにっ……」

いつの間にか槍の穂先で倒した敵の姿がなくなっていた。

「しまった」

衛悟は奥へと走った。

背中に刺さった槍を抜くほど溝渕は愚かではなかった。槍の傷は小さいが深い。抜けばそこから血が流れ出て、意識を失ってしまう。

溝渕は、衛悟と門前の鍔迫り合いの隙を見て、そっと移動していた。

「……つうう」

一歩ごとに槍の穂先が動き、肉を傷付ける。

「猶予《ゆうよ》はないか」

伊佐木が生きている。このままでは溝渕と門前の独断が小松帯刀に知られることとなる。なんとしてでも手柄をたてておかないと、出世どころか藩への復帰も危うくなりかねなかった。

溝渕は周囲への警戒を捨てて、併右衛門を探し回った。

衛悟と薩摩脱藩士との戦いは、炭小屋に潜んでいる併右衛門のもとまで伝わった。

「始まったか」

併右衛門は小屋の扉に近づいて耳を澄ませた。

刃をかわしている者同士にとって命のやりとりは長く感じるが、他の者にとっては意外と短い。

併右衛門の耳に届いていた喧噪《けんそう》は、あっさりと終了した。

「終わったのか……」

静かになった屋内に、併右衛門はいっそう緊張した。

衛悟が勝ったならばいいが、負けていたならば、併右衛門の命も風前の灯《ともしび》になる。

併右衛門は耳に神経を集中し、外の気配を探ろうとした。

「立花どの」

溝渕が消えたことに焦った衛悟が大声で併右衛門を呼んだ。

警戒を求めるためのものであったが、ぎりぎりの緊張を続けてきた併右衛門にとって、衛悟の声は天の救いであった。

「勝ったか」

併右衛門の集中がとぎれた。

「衛悟」

炭小屋の扉を開けて、併右衛門は応えてしまった。

「そっちか」

溝渕が笑った。

剣の心得のない老人など敵ではなかった。奥右筆組頭を倒し、逃げだすことができれば、手柄は独り占めになる。子々孫々までうだつのあがらない小姓組の城下士が、上士身分になれる。

興奮した溝渕は、背中の痛みを忘れて、声のした方へと走った。

「そこかあああ」

炭小屋から台所の板の間に出てきていた併右衛門は、不意に現れた男に驚愕した。

台所の天井は煮炊きする煙を逃がすことを考えて、吹き抜けとなっている。示現流とんぼの構えも余裕で取ることができた。

「きえええええ」

溝渕が太刀をぶつけた。

示現流必殺一の太刀は、全身の筋を使うことで強力な威力をうみだす。溝渕は慣れた稽古のままに背筋を伸ばした。

槍の穂先が筋に連れて動いた。

「あつっ」

痛みに溝渕がうめき、すこしだけ刃筋がずれた。

「…………」

かろうじて悲鳴はあげなかったが、殺気をこめて落ちてくる白刃に併右衛門は腰を抜かした。

体勢が低くなったことで、併右衛門は命拾いした。

刀筋のずれた溝渕の一撃は、併右衛門の右脇を過ぎた。渾身の力があだとなって太刀を床にくいこませてしまった。

「このっ」

衛悟が来る前に逃げださねばならぬ溝渕は焦って、太刀を抜こうと一歩併右衛門のほうへ近づいた。

腰を抜かした併右衛門の目に、溝渕の背中にささった槍の穂先が見えた。

「これは……えい」

併右衛門は、出ている槍を右手で叩いた。槍の切り口が併右衛門のてのひらを傷付けたが、かまわずに押しこんだ。

「ぎゅあっ」

溝渕が悲鳴をあげた。

槍は溝渕の内臓を深く刺した。

「な、なにを……」

溝渕の顔から血の気が引いた。

振り返った溝渕はようやく抜けた太刀を手に、憎しみの眼を併右衛門へぶつけた。

「死ね……」

白刃を上段へと振りあげた溝渕が、その重さに引っ張られて後ろざまに倒れた。

背中から落ちた溝渕は、己で槍を押しこむ形になった。

「……ぐはっ」

口から血を吐いて、溝渕が絶息した。

「し、死んだのか。儂が、儂が殺したのか、人を……」

床に拡がっていく血を見ながら、併右衛門がつぶやいた。

「立花どの。ご無事か」

台所に着いた衛悟の目に、呆然としている併右衛門が映った。

第四章　権謀の巣

一

歴代将軍のなかで、家斉がもっとも多くの側室を抱えていた。

子供を産んだ側室はお腹さまとして、一つの局《つぼね》を与えられ特別なあつかいを受けた。しかし、家斉の情けを受けただけの女中は中﨟《ちゅうろう》に昇格したが、待遇は使用人のまま変わらなかった。

「今宵《こよい》は誰にいたすかの」

御台所《みだいどころ》を含めて十人をこえる女性《にょしょう》と閨《ねや》をともにする家斉は、今夜の相手に悩んでいた。

将軍が大奥へ入るには、前もって報《しら》せをしなければならなかった。暮れ七つ（午後四時ごろ）までに、伽《とぎ》する相手の名前を奉書紙に記し大奥へ届けるのだ。

「お楽《らく》といたそう」

家斉の言葉を小姓が奥右筆部屋《おくゆうひつ》へと運んだ。

「上様、大奥へお渡りでございまする」

奥右筆の部屋へ入ることを許されていない小姓番士は、奥右筆部屋の前に控えている御殿坊主に伝えた。

「お相手はお楽の方さまじゃな」

御殿坊主から聞かずとも、部屋のなかまで小姓番士の声は届いていた。

併右衛門は今の仕事を中断して、新しい奉書紙を取り出した。

奉書紙は御殿坊主の手によって大奥へもたらされた。

指名された側室は、まず湯浴みをした後、身体《からだ》に寸鉄も帯びていないかどうかをお清《きよ》の中臈の手で調べられる。そののち、紐《ひも》のない小袖《こそで》一枚になって将軍家御休息の間で待つのだ。

一方、夕餉《ゆうげ》を終えた家斉は、上のお鈴廊下を通り、一度御休息の間に入ったあと、入浴へと向かう。

入浴を終えた家斉は、絹の着流しを身につけ、御休息の間へ戻り、用意された夜具へと横たわる。

「参れ」

呼ばれて初めて、下の部屋で控えているお楽の方と添い寝するお清の中﨟が上段の間へと足を踏み入れることが許される。

お清の中﨟が、上段の間端近くに敷かれた夜具に背を向けて横たわり、お楽の方は家斉の隣に身を入れた。

「久しいの」

家斉はお楽の方に話しかけた。

お楽の方は、家斉が将軍となって最初に側室とした女であった。

「お声をちょうだいし、かたじけのうございまする」

お楽の方がうれしそうに応えた。

小姓押田敏勝《おしだとしかつ》の娘お楽の方は、家斉が将軍となった天明《てんめい》七年（一七八七）に大奥へあがった。一時種姫の婚礼について紀州家の奥へと移動したこともあったが、家斉によって大奥へ呼び戻され、側室となった。寛政《かんせい》五年（一七九三）、次男敏次郎《としじろう》を産んでいた。

家斉にとって、御台所、内証《ないしょう》の方同様、安心できる相手であった。

「はだけよ」

お楽の方へ、家斉が命じた。お楽の方は、小袖を左右に開いた。

「お側《そば》におらせていただくことは、ありがたいことでございまするが、わたくしもお褥《しとね》を遠慮いたさねばならぬころあいになっておりまする。なにとぞ、お側御用をお許し賜《たまわ》り、代わりの者へお目通りを願いますように」

家斉の愛撫《あいぶ》を受けながら、小さな声でお楽の方が訴えた。

将軍の手がつくことを大奥にいるすべての女中が競っていた。大奥での出世は、将軍の寵愛《ちょうあい》をいかに受けるかで決まった。

大奥女中は、旗本御家人の娘がほとんどである。その身に浴びた栄光は、実家をも照らした。将軍の側にはべるだけでも、影響はあり、子供を産めば、お身内と称されて、御家人は旗本に、旗本は寄合席へと家格を進めた。娘が産んだ子供がお世継ぎになれば、実家は大名に列するのだ。

将軍の機嫌をとるため、大奥女中たちは必死になった。己《おのれ》を売りこみ、他人の足を引っ張る。大奥は表以上の権謀術数の巣であった。

いかに家斉が子を産んだ愛妾お楽の方といえども、嫉妬《しっと》の渦から逃げることはできなかった。

人の感情のなかで嫉妬ほど醜《みにく》く、恐ろしいものはなかった。側室の数がいかに多くとも、一身に寵愛を受ける者がいれば、他の妾に家斉の訪れは減る。減れば、家斉の子供を孕《はら》む機会は少なくなり、栄達から遠ざかるのだ。

「そうか。考えておこう。なれど、今宵はそなたに伽を任せた」

家斉はお楽の方と身体を重ねた。

将軍が大奥にいる間、別式女《べつしきめ》たちは全員が寝ずの番をおこなった。通常の不寝番《ふしんばん》の他に、将軍御休息の間周辺に八人が配置された。二人一組で、四方を警戒した。

「異状ございませぬ」

「承《うけたまわ》りましてござる」

別式女二人は、ときどきわざと声を出しあって、互いの眠気を払い、朝まで厠《かわや》に立つこともなく、寝所を警固《けいご》した。

その別式女たちを屋根裏から村垣香枝《かえ》が見おろしていた。村垣香枝はお庭番村垣源内の妹である。将軍警固のため、厠番として大奥に入りこんでいた。

将軍担当の厠番は、家斉が来ないかぎりすることのない閑職である。隠れて将軍の側へ貼りつくには、最適であった。

香枝は家斉が御休息の間にいるときは、ずっと天井裏から見張っていた。

「なにごともなし」

香枝がつぶやいた。


将軍が新しく側室を迎えるには三つの方法があった。

一つめは、旗本の娘たちを招いてのお庭拝見であった。吹上《ふきあげ》の庭に集められた旗本の娘を縁側から見て、気に入った娘がいれば、側にいる者へ合図を送る。

後日、将軍家のお声掛かりとお広敷《ひろしき》から親元に報せが行き、支障がなければあらためて娘を大奥へ奉公にあげ、家斉の側室とした。

もう一つが、大奥女中のなかから家斉が指名するものであった。

「あの者の名は」

目についた女中の名前を家斉が問うことが始まりとなった。身元などを精査したのち、後日家斉の寝所へとはべるのだ。

最後が、お身代わりであった。

お身代わりとはお褥ご辞退を申し出た愛妾が、己の代理として腹心の女中を家斉に推薦することであった。

こうすることで、将軍の寵愛を受けることで得ていた権限をお褥ご辞退したあとも失わないようにするのである。己の配下の女中を将軍側に送りこむことで、今の立場を保持するのだ。

お楽の方の申し出はこれであった。

「身代わりの者あれば、目通りを許す」

ひとしきり精を放って満足した家斉が、お楽の方に告げた。

「か、かたじけなきお言葉」

荒い息をつきながら、お楽の方が礼を述べた。

翌朝、家斉とお楽の方の会話は、添い寝していたお清の中藕によって、上臈《じょうろう》へ報告され、御台所へと伝えられた。

「お楽内証が身代わりを申し出おったか」

聞いた御台所茂姫の表情がゆがんだ。

家斉が将軍になるときまったとき、婚約破棄寸前までいった茂姫である。子供のころから、いずれは婚姻《こんいん》する相手として好ましく思っていた家斉から引き離されそうになった茂姫は、必死に抵抗して、ようやく大奥へ入ることができた。それに対してお楽の方は家斉の一言で、一度は出た大奥へたちもどり、側室として幅をきかせたのだ。

「まだ上様にすがるつもりか」

茂姫にとってお楽の方は憎しみの対象であった。家斉しかすがる者のない己から夫をかっさらっていったにひとしいからである。

もちろん正室の立場は茂姫のものとして、揺らぎもしなかったが、先に男子を産んだのは、お楽の方であった。

大奥でも茂姫につぐ権力をお楽の方は握っていた。

「敏次郎どのを世継ぎにする気か」

長男であった竹千代の死によって、お楽の方の子、敏次郎が十二代にもっとも近い位置にあり、茂姫の子敦之助を抑えているのも不満であった。

「これ以上、あやつの思いどおりにことを進めるわけにはいかぬ」

茂姫が断じた。

「そのようなこと、お気になさらずとも、御台さまにお褥ご辞退はございませぬ。上様の側にはべることのなくなったお楽など、忘れ去られていくのが定め」

上臈が茂姫の機嫌をとった。

「本気で申しておるのか」

すっと茂姫の顔色が変わった。

「わらわの容色が衰えぬと思うてか。上様に初めてお情けをいただいてより、わらわの身体つきが、どのように変わったとおもいよる。花が咲いたかと思うほどであったわ。それがどうじゃ。子を産んでから、あきらかにしぼみ始めてしもうた」

「そ、そのようなこと……」

あわてて上臈が否定した。

「ならばそなたはどうじゃ。男を知らぬそなたは変わっておらぬのか」

「それは……」

茂姫より十ほど歳上の上臈が、口ごもった。

「上様のご寵愛を受けておらぬそなたらはよい。失うものはないのだからの。だが、わらわは嫌じゃ。お楽が勧める新しい側室に上様がお通いになられるなど、我慢ならぬ。あの者のかかわりでなくば、まだ辛抱もできようが……」

嫉妬をあらわに茂姫が言った。

「己の息がかかった若い女のもとへ、上様がお通いになる。それを見たお楽はどう考える。わらわに勝ったと思うであろう。お楽にとって、お褥ご辞退をせずともすむ、正室の地位は願っても手にすることのできぬもの。なれど、上様のご寵愛を留めおければ、己が産んだ子は安泰じゃ。世継ぎとして正式に認められるやも知れぬ。それだけは、許せぬ。十二代は、正室であるわらわが腹を痛めた敦之助でなければならぬのだ」

「…………」

あまりの剣幕に上臈は言葉も出なかった。

「どうしてくれようか」

茂姫が、悔しげに述べた。

「……御台さま」

部屋の隅に控えていた中臈が顔をあげた。

「芳江《よしえ》、控えよ」

口出しをした中臈を上臈が叱《しか》った。

「よい、止めるな」

茂姫が上臈を抑えた。

「申せ」

「怖れながら……お楽の方さまがお勧めする以上の女《おなご》を御台さまがご推薦なさればいかがでございましょう」

芳江が提案した。

「わ、わらわに、わらわに、上様へ他の女を差し出せと言うか」

憤怒《ふんぬ》で茂姫が真っ赤になった。

「申しわけございませぬ。ご無礼を」

あわてて芳江が額を畳《たたみ》に押しつけた。

「こ、こやつは……」

荒い息で茂姫が芳江を睨《にら》みつけた。

「慮外者《りよがいもの》めが、ええい、下がれ。下がれ。お許しあるまで謹慎いたしておれ」

上﨟が芳江を叱りつけた。

「……申しわけございませぬ」

平伏したまま芳江が、膝《ひざ》を動かして出ていこうとした。

「……待ちや」

茂姫が口を開いた。興奮の色は茂姫の顔から消えていた。

「芳江」

「はっ……」

呼ばれた芳江は平蜘蛛《ひらぐも》のようにはいつくばった。

「そなた誰ぞ心あたりはあるのか」

「…………」

問われた芳江がとまどった。

「誰ぞ内証の勧める者よりも、上様のおこころを射止める女《おなご》に見当がついておるのかと訊《き》いておるのじゃ」

返事の遅い芳江に、茂姫がいらだった。

「……は、はい」

芳江が、よけいに萎縮した。

「……怒ってはおらぬ。これ以上なにがあっても叱りはせぬ。いや、ことと次第によっては、褒美《ほうび》を取らそう」

茂姫が声を抑えた。

「かたじけなきお言葉」

ようやく芳江は人心地ついた。

「御台さまが上様へおつけになる女《おなご》には、いくつかの条件が必要かと存じあげまする」

芳江がようやく顔をあげた。

「見目うるわしきは当然ながら、なによりも御台さまに忠義でなければなりませぬ」

「うむ。わらわをないがしろにするようでは話にならぬ」

茂姫が首肯《しゅこう》した。

「ならば実家《さと》から奉公にあがっておる者からとなるが、お楽が出す女《おなご》よりまさるのがおるのか」

「はい。一人心あたりの者がおりまする」

薩摩の者は国柄かどうしても江戸や京の女にくらべて、色が黒い。

芳江がしっかりと首肯した。

「呉服の間に先日ご奉公いたしました、藤田栄がよろしいかと」

「藤田栄か。よい。ここへ連れて参れ。わらわが見てくれよう」

名前を聞いただけではわからぬと、茂姫が命じた。

「はっ……」

平伏した芳江が薄く笑ったが、誰も気づかなかった。

二

御三卿《ごさんきょう》一橋家の屋形《やかた》は江戸城の曲輪《くるわ》内にあった。将軍家お身内といわれる御三卿には領地も城もなかった。それどころか家臣さえいなかった。一橋家の屋形に勤務する者は皆、旗本であり、幕府の役目として治済に仕えているだけであった。

家臣も領地もない当主には、なにひとつ仕事はなかった。

「やれ、今日もなにもせず終わったわ」

屋形の奥へ入った治済《はるさだ》は、寝所で待っていた絹に話しかけた。

「お疲れのことでございましょう」

治済が着替えるのを手伝いながら、絹がねぎらった。

「ふん。たしかにの。なにもせぬというのは、疲れる」

不満そうに治済が告げた。

「疲れたゆえ、そなたがいたせ」

せっかく着替えた夜着を投げすて、治済が夜具の上に仰向けとなった。

「はい」

散らかされた夜着をたたんだ絹は、夜具の足下で平伏した。

「ちょうだいいたしまする」

絹はそっと治済の下帯をほどいた。

治済にまたがった絹が、息を荒くし始めたころ、寝所の天井板が音もなくはずれ、冥府防人が落ちてきた。

「なにかあったか」

絹とつながったまま、治済が問うた。

「大奥の芳江さまより、準備ととのえりと」

妹の痴態を気にすることなく、冥府防人が告げた。

「そうか」

めずらしく治済がよろこびの声をあげ、絹の腰を掴《つか》んだ。

「ああああ」

不意に突きあげられて、絹が大きなうめきを漏《も》らした。

「いよいよ、仕掛けが役に立つ」

「……はっ」

冥府防人が頭《こうべ》を垂れた。

「大奥へ入れた女へ念を入れよ。あと、潜《ひそ》ませてある女武芸者にも、報せておけ」

「はっ」

命を冥府防人が請けおった。

「もう一つ、薩摩《さつま》が奥右筆組頭《くみがしら》へ手を出しましてございまする」

「ほう」

治済が、驚きを見せた。

「あの肚《はら》なしの重豪《しげひで》にしては、なかなかやるではないか」

動きに連れて揺れている絹の乳房を治済がつかんだ。

「帯刀《たてわき》あたりの仕業であろうが」

小さく治済が笑った。

「ご苦労であった。他になくば、さがってよいぞ」

乳房をもてあそびながら、治済が言った。

「…………」

冥府防人は平伏したが、そのままであった。

「結果など聞かずともわかっておるわ。奥右筆組頭は無事、薩摩の放った者どもは全滅。そうであろう」

「……仰《おお》せのとおりで」

顔をあげずに冥府防人が答えた。

「おまえが、気にしている男なのであろ。奥右筆組頭についている者は。ならば、たかが薩摩の田舎者にどうこうされることなどあるまい」

「…………」

冥府防人は沈黙した。

「手出しはするなよ。奥右筆は生かしておけ。薩摩の目が奥右筆に向いていれば、越中もそちらに気を取られよう。薩摩は囮《おとり》ぞ」

「はっ」

短く応えて、冥府防人が天井へと跳んだ。

「ああ。待て」

天井板を戻そうとした冥府防人を治済は止めた。

「念のため、お庭番の注意をそらせておきたい。一人殺せ」

「はっ」

「家斉を守る壁が固いようでは困る。勝てぬようならば、別の者をさがさねばならぬことになる」

「負けることなどございませぬ」

冥府防人が感情を声に乗せた。

「お庭番の祖は根来衆《ねごろしゅう》でございまする。根来衆は根来寺に属した修験者、忍《しのび》でない者など、甲賀《こうが》の敵ではありませぬ」

「なれば、見事やって見せよ。そうよな。お庭番どもの頭に血がのぼるよう、殺したお庭番を江戸城に晒《さら》せ。さすれば、いかにお庭番といえども、下手人捜《さが》しにやっきとなり、将軍警固に隙《すき》が生まれよう」

冷たい声で治済が述べた。

お庭番《にわばん》は家康の十男頼宣《よりのぶ》が紀州へ封じられたころに創設され、代々玉込め役として藩主の側で仕えた。その玉込め役を和歌山から連れてきた八代将軍吉宗が、お庭番とした。

将軍のみに忠誠を誓い、その実力は形骸となった探索方の伊賀組、甲賀組とは比べものにならなかった。

家斉は朝の政務が終わったあと、庭を散策するのを日課としていた。そのじつ、散策は形だけで、お庭番と密談をかわすためであった。

「小雨がございますれば、本日のお出ましはお控えなされたほうが、よろしいのではないかと」

庭へ降りようとした家斉を小姓組番頭が制した。

「庭には東屋《あずまや》がある。なにより、傘《かさ》もある」

家斉は拒否した。

「なれば、小姓をお一人傘持ちにお連れ下さいませ」

小姓組番頭が食いさがった。

「余が一人になれる唯一のときぞ。寝ているときはおろか、女をだいているときまで隣に誰かがおるのだ。庭くらい一人で行かせよ」

強い口調で、家斉が抗した。

「でございまするが、もしお風邪でも召されましては、われら小姓組番の責任となりまする。なにとぞ、お留まりのほどを」

必死の形相《ぎょうそう》で小姓組番頭がすがった。

「……そなたたちの罪か。わかった。今日は止《や》めておく」

「はっ。ご賢明なるご判断に感謝つかまつりまする」

小姓組番頭が平伏した。

「かわりに、今宵は大奥で休む」

「はっ。お添い寝はどなたさまに」

「誰もいらぬ」

訊いた小姓組番頭に家斉は首を振った。

「なんとおおせられましたか」

小姓組番頭が驚いた。女を抱かぬなら、大奥ではなく中奥で寝たほうが移動しないですむだけ楽なのである。

「中奥で男に添い寝されるよりは、ましじゃ」

家斉は言い張った。

将軍が独り寝のために大奥へ来る。

報せを受けた大奥は緊張した。大奥の女中たちは、家斉の独り寝は口実だと考えたのである。

「新しいご側室をお探しになるようじゃ」

「いや、すでにお目をつけておられるらしい」

大奥は騒動になった。

将軍の手がつくことは、一代の栄誉であり、子を産めば末代まで安泰なのだ。野望を持つ女たちは、念入りに化粧を重ね、衣服を選び、香を焚《た》きこめた。

いつもより少し早く、家斉は大奥での居室、お小座敷へと入った。

「上様には、ご機嫌うるわしく、およろこび申しあげまする」

将軍家付きの中﨟が、並んで平伏した。皆一様に普段より着飾っていた。

れなかったとの証明であった。

「どちらへ……」

中臈たちがあわてた。もし、家斉が女を捜《さが》しに行くのならば、ここにいる者は選ばれなかったとの証明であった。

「厠じゃ」

家斉が告げた。

将軍、御台所の用便にはかならず人がついた。それも役目ごとに人が変わった。

お小座敷からついてきた中臈は、厠には入れなかった。

「上様御用」

厠の前で中臈が声を張りあげると、扉がなかから引き開けられた。

「うむ」

家斉が入ると扉はもとのように閉じられた。

「小用じゃ」

「はっ」

扉間際で平伏していた女中が、家斉の小袖の裾《すそ》を左右に拡げた。

「香枝」

小便を放ちながら家斉が呼びかけた。

「お待ち申しあげておりました」

裾を持っている女中は香枝であった。

「申せ」

いかに将軍とはいえ、厠でときをかけることはできなかった。

「奥右筆組頭が襲われたよし」

「ほう。またか」

家斉が感嘆した。

「どこじゃ」

「薩摩とのことでございまする」

「抜け荷か」

「わかりかねるとのことでございまする」

香枝が答えた。

「ふむ。承知した」

小用を終えて家斉は手を出した。香枝が家斉の手に水をかけ、綿で拭いた。

「お手出しはご容赦《ようしゃ》くださいませと最初に申しあげたはずでございまする」

きっぱりと香枝が断った。

「惜しいの。大奥でもそなたほどの美形はそうおらぬ。なにより、睦言《むつごと》に紛《まぎ》れれば、毎夜でも話をいたせように」

家斉が残念だと首を振った。

「吉宗さまより、きつく命じられておりまする。お庭番は影であれと」

裾を放して香枝が平伏した。影は光のために消えなければならない。そこに光の血が入れば、影は影たり得なくなる。

「わかった」

神君家康に次いで崇《あが》められている曾祖父吉宗の名前を出されては、家斉も諦《あきら》めるしかなかった。

「上様……」

歩きかけた家斉を香枝が呼び止めた。

「のう……」

「………」

家斉は足を止めた。

「大奥がなにやらざわついておるような気がいたしまする。なにとぞ、ご注意下さいますように」

「余が注意せずともすむようにするのが、お庭番の任であろう。信じておる」

振り返ることなく、家斉は厠を後にした。

お庭番は紀州から来た当初、お広敷伊賀者として江戸城へ入った。もっとももとからいたお広敷伊賀者とは組も禄高《ろくだか》も違い、その役目は江戸城天守台下お庭番所に詰めることと、御小納戸《おこなんど》御用であった。

御小納戸とは将軍の身の回りの世話をする者のことである。髪を結ったり、着替えを用意したりと将軍の身近に控えることで、お庭番は内密御用にいつでも応じられるようにしていた。

吉宗にとってなにより信じられる存在であったお庭番は、徐々にその格をあげ、享《きょう》保《ほう》十七年（一七三二）に伊賀組から独立、添番並《そえばんなみ》に出世した。

添番並お庭番は当初十六家であったが、やがて分家別家が認められ、現在十八家となっていた。

「一族も同然か」

深夜奥右筆部屋の二階書庫に忍びこんだ冥府防人は、お庭番の記録をあさっていた。

己の手足を世俗にまみれさせたくなかったのか、吉宗はお庭番の家系を桜田の御用屋敷にまとめさせ、通婚も組内だけにかぎらせた。

「これは……。今までに四家がお庭番筋から放たれているな」

冥府防人は、書付を取りあげた。

宮地、藪田《やぶた》、林、吉川の四家が、寛政元年（一七八九）までにお庭番の筋をはずされていた。

「こやつらはなにかあったのか」

手元にある書付を探ったが、なにも記されていなかった。

「さすがはお庭番というところか」

冥府防人が感心した。

「遠国《おんごく》御用で死んだか、あるいは、そのまま地に溶けこんで、草となったか」

お庭番の大きな役目である探索御用には二つあった。江戸城下でのできごとを探る江戸地回り御用と、大名たちの領国へ派遣される遠国御用である。

遠国御用となれば、それこそ薩摩や松前《まつまえ》にまで行かされた。幕府役人として堂々と入国するわけではなく、旅人に紛れて入りこむのだ。探られてはつごうの悪いことのある大名にしてみれば、お庭番の存在は浮沈にかかわる。見つけ次第始末してきた。

幕府もひそかな探索に向かったお庭番を表だって保護することはできず、殺され損を黙認していた。

草とは敵地で生活を営み、ときをかけて細かいところまで調べることである。それこそ、家をかまえ妻を娶《めと》り子をなして、何十年とかけることもある。それでも調べきれないときは、子供に任を受けつがせることもあるのだ。

どちらも御家人旗本としての籍は抜かれることになる。

「ふうむ」

冥府防人は思案した。

今現在江戸にいることがわかっている十八家のお庭番、その誰かを倒すのもいいが、それより遠国御用で忍んでいる奴を探しだし、江戸で晒《さら》したほうが効果は大きい。潜《ひそ》んでいるお庭番を探しだすだけの力をもっていると相手に見せつけることができき、より注意を引きつけられる。

御前こと治済の機嫌もよくなることはまちがいなかった。

かといって闇雲《やみくも》に探し回ったところで、お庭番でございと看板をあげてくれているわけではない。

「……しかたない。行くか」

重い腰を冥府防人があげた。

冥府防人が目指したのは、甲賀百人組組屋敷であった。

家康によって江戸に呼ばれた甲賀組は、与力格として江戸城大手門の警備を担当していた。江戸城の顔大手門の警固を担うことを誇りにし、与力のなかでも幅をきかせていた。

しかし、同心より格上で、二百俵の禄を支給されているとはいえ、与力は御家人でしかなく、将軍家へ目通りを願うことはできなかった。

屋敷も大縄地《おおなわち》として巨大な敷地を与えられてはいるものの、そこから出ることは許されない。

甲賀者も多くの不満を抱えていた。

組屋敷に近い寺に足を運んだ冥府防人は、鐘を小さく鳴らした。

ほとんど待つことなく、冥府防人の目の前に中年の侍が現れた。

「小弥太《こやた》……何用じゃ」

姿を見せたのは、甲賀組与力筆頭を世襲する大野郡兵衛《おおのぐんひょうえ》であった。

「叔父御、お庭番が遠国御用で潜んでいるところはどこでござる」

挨拶抜きで冥府防人が問うた。

「知ってどうする」

大野郡兵衛が訊いた。

「江戸城のどこかに晒しまする」

素直に冥府防人は答えた。

「大手門は甲賀がお預かりしておる。するな」

きびしい声で大野郡兵衛が指摘した。

「御前の命《めい》か」

「……いかにも」

冥府防人は首肯した。

「小弥太。御前にすがっておって、本当によいのか」

大野郡兵衛が尋ねた。

「ときの老中筆頭田沼主殿頭《たぬまとのものかみ》の言葉にのせられて、そなたは十代将軍家治《いえはる》さまのご嫡男家基《いえもと》さまを品川で殺《あや》めた。その結果はどうだ。甲賀組は未《いま》だ与力のまま、そなたの実家望月《もちづき》家も五位の諸太夫など夢の御家人から変わっておらぬ」

「…………」

冥府防人は沈黙した。

たしかに、冥府防人こと望月小弥太は、田沼主殿頭《とのものかみ》と約定《やくじょう》を結び、家基を殺した。あとは時機を見て甲賀を解体、一同を御家人としてのち、望月家を五千石の旗本に格上げし、五位の諸太夫へ任じるだけであった。

しかし、その直前、江戸城内で田沼主殿頭の長男山城守《やましろのかみ》意知《おきとも》が刃傷《にんじょう》に遭《あ》ってしまった。嫡男を殺されたことを知った家治の意趣返しであった。このち田沼主殿頭の権威は失墜し、望月家のことなど考えている余裕はなくなった。

将軍が嫡男暗殺のからくりを知っているとわかったとき、望月家は恐怖した。主殺《しゅ》しは大罪であった。一族の端まで磔《はりつけ》のうえさらし首が決まりである。

望月家の当主であった小弥太の父信兵衛《しんべえ》は、小弥太の存在を消した。系図から消し去ることで、小弥太がこの世に生まれていないことにしたのだ。

さいわい、望月家に手が伸びることはなかった。将軍家世子が、配下の甲賀忍者に殺されたとあっては天下にしめしがつかない、と幕府は知らん顔を決めこんでくれた。

いや、世子が殺されても幕府はなんの痛痒《つうよう》も感じなかったのかも知れなかった。士籍を削られ、名前を奪われた望月小弥太を拾ったのが御前であった。

「叔父御。分の悪い賭《かけ》を承知でのらざるをえますまい。すでに戦国は遠く、忍が活躍したときは、はるか彼方《かなた》でござる。幕府の大手門番と決められた甲賀組から抜けだし、旗本になるには、非常の手段をとるしかございませぬ」

冥府防人が述べた。

「大野の家も宮内少輔《くないのしょう》を代々受け継いできた近江《おうみ》の名門でござったはず。それが今では二百二十俵の薄禄で一日大手門を見ているだけ。覇王信長と戦い、近江の領主であった佐々木《ささき》氏からも一目置かれていたご先祖に、顔向けできますするのか」

「……わかっておるわ」

大野郡兵衛が苦い顔をした。

甲賀忍者は伊賀忍者と違い、その出自《しゅつじ》は小領主であった。それぞれ朝廷あるいは鎌倉、室町の幕府から、褒賞《ほうしょう》として甲賀に領地を与えられた名門である。

場所が京に近く、政変に巻きこまれることが多かったため、武士から忍へと変化していかざるを得なかったのだ。

「御前さまは、約定はお守りになられるお方でござる。なにより、田沼と違い、徳川のお血筋。潰されることはございませぬ。子々孫々まで雨の日も風の日も門を見つめるだけの毎日を送りたいと言われるならば、お帰りなされ。二度と姿を見せることも、甲賀の合図を送ることもいたしませぬ」

「…………」

煙草《たばこ》を一服吸うほどの静寂が二人を包んだ。

「しばし待て」

懐《ふところ》から紙を取りだして、大野郡兵衛が筆を走らせた。

「江戸からもっとも近い奴を書いておいた」

「かたじけない」

出された紙を冥府防人は受けとった。

「よいか。甲賀組はいっさいかかわっておらぬ。小弥太、おぬしと儂《わし》は出会ってもおらぬ。ただ、いつの日か、その紙の礼は貰《もら》う」

言い残して大野郡兵衛が背を向けた。

「すでに望月小弥太はこの世におらぬ。いや、この世に生まれてさえおらぬのでござる。存在せぬ者と出会うことなど神仏とてできますまい」

冥府防人が小さく笑った。

三

立花の屋敷から逃げかえった伊佐木は、恥を忍んで小松帯刀に連絡した。

藩を抜けた者と屋敷で会うわけにはいかぬと、小松帯刀は島津家三田下屋敷に近い泉岳寺《せんがくじ》を面会場所として選んだ。

赤穂浪士四十七人が眠る泉岳寺は、その忠義に与《あず》かろうとする武士の参詣が多く、身形《みなり》のよい上士と浪人者が出会っても不審がられることはなかった。

本堂で買い求めた四十八本の線香に火をつけていた小松帯刀の背後に、伊佐木が近づいた。

浅野内匠頭《たくみのかみ》から順に一本ずつ線香を手向《たむ》けていく小松帯刀に添うように伊佐木も手を合わせた。

「失敗したな」

なかなか話をきり出さない伊佐木に、小松帯刀が言った。

「申しわけございませぬ。権堂、門前、溝渕の三人が手柄を焦り、命をきかず、勝手に動きだしまして」

伊佐木は言いわけを口にした。

「たわけ。他人のせいにいたすな。そなたを頭《かしら》に任じたは、あやつらの抑えも兼ねてのこと」

小声で小松帯刀が叱った。

「いや、そなたを怒るのはまちがいじゃ。この帯刀に人を見る目がなかっただけのこと」

強烈な皮肉であった。

「ご家老……」

言われた伊佐木が絶句した。

「で、何用じゃ。失敗したとの報告ならば、必要ない」

「手の者をあらたにお願いいたしたく」

伊佐木が勇気を振り絞って申し出た。このまま引き下がっては、薩摩藩に戻ることもできず、浪々の身として江戸の片隅で朽ちていくしかないのだ。

「これ以上、藩士を抜けさせろと申すか」

あきれた顔で小松帯刀が嘆息した。

さすがに続けて脱藩届けは出せなかった。それこそ藩中不行届《ふゆきとどき》として、幕府から咎めが来かねない。どうしても併右衛門を排除しなければならないが、すでに奉行所の手が入っている。これ以上藩の姿を見せることは、本末転倒になる。小松帯刀は、伊佐木ら脱藩士にすべての責任をおしつけることを考えていた。

「ですが、わたくしだけでは……」

「わかっておるわ。ただ、これ以上藩士は遣《つか》えぬ。なにより、溝渕や門前以上の遣い手は江戸におるまい」

小松帯刀が四十八番目、寺坂吉右衛門《てらさかきちえもん》の墓に線香を立てた。

「最後の融通をつけてくれる」

懐から小松帯刀が袱紗《ふくさ》を取りだした。

「五十両ある。これでどうにかいたせ」

袱紗を寺坂吉右衛門の墓に供えるように置いた。

「かたじけのうございまする」

あたりを見回した伊佐木が、袱紗をすばやく懐へしまった。

「成功したとの報せ以外は受けつけぬ。日限もきる。この月中になんとかいたせ。それをこえて動きがなかったとき、伊佐木、そなたは、逃げたものと見なす。脱藩藩士は上意討ちを受けるのが通常。さらに、死んだ四人の遺族にそなたを討てば家を再興してやると伝える」

冷たい口調で小松帯刀が宣した。

「……承知いたしましてございまする」

大きく唾《つば》を飲んで、伊佐木がうなずいた。

小松帯刀と別れて泉岳寺を出た伊佐木は、品川へと足を向けた。

「おや。あれは先日の薩摩藩士ではないか」

品川の飲み屋で一杯飲んだ覚蟬が、伊佐木に気づいた。

「お忍びで遊びに行くようじゃな」

着流し姿の伊佐木を、覚蟬はそう見た。

「覚えられていては、剣呑《けんのん》じゃ」

背を向けようとした覚蟬が、伊佐木の表情に気づいた。

「浮かれるどころか、刑場へ引きたてられる咎人《とがにん》のようなけわしい顔をしておる」

覚蟬は、少し間を空けて伊佐木をつけた。

品川は東海道最初の宿場である。江戸から東海道を上る旅人たちは、ここで見送りの家族らと別れの宴を開くのを慣例としていた。そのため品川には料理屋や茶屋が多く、人通りをあてにした遊女屋も乱立していた。

伊佐木は品川宿のなかほどにある遊女屋の暖簾《のれん》をくぐった。

「白波屋《しらなみや》か」

しばらくして覚蟬も続いた。

「坊さん、どうしたい。うちは地獄の一丁目だせ。坊さんに喜捨《きしゃ》するものがあるなら、鬼に渡そうってところだ。用がなければ帰った帰った」

覚蟬に気づいた若い衆が声をかけてきた。

「なに、観音さまを拝みに来たのでござるよ」

すばやく覚蟬は小粒を若い衆に握らせた。

「こいつあ……どの女がよろしいんで」

ちらと掌《てのひら》に目をやった若い衆の態度が変わった。

「今あがられた御仁《ごじん》は薩摩藩のお方じゃの」

「ああ。伊佐木さまでやすかい。お知り合いで」

「親しいわけではないがの。どうじゃろ、あの御仁の隣に案内してくれぬか」

覚蟬が頼んだ。

「隣って、うちは見てのとおり大部屋しかござんせんよ。屏風《びょうぶ》で仕切るだけで」

安い岡場所では、遊女ごとに部屋などなかった。

「なあに、薩摩のお侍はどうなのかちと見てみたいのよ。薩摩隼人もやることは同じなのか知りたいと思うてな」

「やれ、そういうお好みでやすかい。承知しやした。ちょいとお待ちを。どこに伊佐木さまが入られたか見て来やす」

若い衆が走っていった。

待つほどもなく若い衆は戻ってきた。

「申しわけありやせんが、伊佐木さんは、客じゃなかったようで」

若い衆が頭をさげた。

「おや。ではなぜここに」

さりげなく覚蟬が訊いた。

心付けが若い衆の口をほぐしていたのか、あっさりと答えが漏らされた。

「主の源右衛門《げんえもん》に用がとのことで、奥へ」

若い衆が奥へ目をやった。

「源右衛門どのか。名の知れたお方じゃな」

「白波屋源右衛門といえば、品川を締《し》めているお方でやんすからねえ」

自慢げに若い衆が言った。

「いろいろ頼みごともあるんじゃろうなあ」

さらに覚蟬が、水を向けた。

「そりゃあ、もめごともうちの親分が間に入れば、おさまるし、他に人に言えないようなことも片づけてくださいやすからねえ」

「そうだろうねえ。では、いつも伊佐木さんのお相手をする女郎さんをお願いしようかねえ。せめてどうやるのか、話だけでも聞きたいからねえ」

覚蟬は潮時と若い衆に告げた。

品川の遊女屋のほとんどは線香一本の間をいくらとして金を取った。

「おや、お坊さんかえ」

糸《いと》と名のった遊女の寝ている夜具へ覚蟬は案内された。

「まあ、いいけどねえ。何本買ってくれるんだい」

力のない瞳で、糸が覚蟬を見あげた。

「とりあえず三本貰《もら》おうか」

覚蟬は金を払った。

「脱ぐかい、それともまくるだけがいいかい」

糸が仰向けに転がった。

「いきなりはいくら何でも愛想がございませんぞ。お経でも読む前にはなにかと手順がござるのじゃ。まずは、少し話をせぬかの」

苦笑しながら覚蟬が言った。

「話……またぬずらしいことを。遊女に必要なのはもの言う口じゃなく、くわえこむ口のはずだよ」

憎まれ口を叩《たた》きながらも、糸が夜具の上に座った。

「腹は減っておらぬか」

覚蟬が問うた。

「年中すいてるよ。この見世《みせ》は、遊女に飯を喰《く》わせてくれないからねえ。馴染《なじ》み客が奢《おご》ってくれるものだけが、食事さね。昨日の夜から水しか飲んでないのさ」

「そうかいそうかい。観音さまにはまずお供えじゃでな。なにがいいかの」

「じゃ、麦飯と汁を頼んでおくれな」

糸の目が輝いた。

食事をしている間も線香の数は減る。覚蟬は線香を追加しながら、糸と会話をした。

「伊佐木さまから、品川で抱くなら、おまえさんだと教えられての」

「ああ、薩摩の伊佐木さまねえ。今日も来ておられるようだけど……」

飯をゆっくり嚙《か》みながら糸が答えた。

「どんなお方だい」

やさしい声で覚蟬が問いかけた。

「そうだねえ。薩摩のお方とはいえ、生まれは江戸、育ちも江戸だから、野暮じゃないけど、気の回る人じゃない。いままで心付けなんてくれたことなかった」

「なかったってことは、貰えたんだの」

「この間ね。なにか大きな手柄をたてることができそうだって。そうすれば薩摩でえらい身分になれるって」

「手柄ねえ」

覚蟬が首をひねった。

「でもみょうなのさ」

飯を食い終わった糸が、汁を飲み干しながら語った。

「出世するというのに、薩摩藩から離れるって」

「はて……」

わざと覚蟬は首をかしげて見せた。

「心付けを貰ったからさ、手紙を書いていいかって訊いたら、藩邸から出ていくから届かないって」

遊女は来て欲しい客に誘いの手紙を出す。糸は心付けを貰ったことで、伊佐木をいい馴染みとしてつなぎ止める気になったのだ。

「藩邸を出る……」

思わず覚蟬は思案に入った。

「そろそろお時間でやんすが。追加いたしやすか」

若い衆が顔を出した。

「いや、これで結構。また来ますよ」

覚蟬は立ちあがった。驚く遊女を後に、覚蟬は遊女屋を出た。

「おそらく衛悟どのが一件にかかわっておるのでござろうが……約された出世と脱藩……武家の考えはわからぬ」

覚蟬は考えこむしかなかった。

襲撃の傷跡が大きすぎ、立花家は修復の手さえ入っていなかった。

「ひどいありさまでござるな」

目付《めつけ》から委託された町奉行所与力が、同情した。

衛悟の刃《やいば》に倒れた二人と、併右衛門が殺した一人の薩摩脱藩士は、夜盗として町奉行所へ引き渡された。

「おみごとなお手筋」

検死に移った与力が、衛悟の腕に感嘆した。

与力は傷口をあらためたあと、脱藩士たちの懐を探った。

「……身元を証すものはもっていないようだ」

「太刀はいかがでござろうか」

検死を見ていた衛悟が口を出した。

「おいっ」

「はっ」

命じられた奉行所の小者が死体の側に置かれている太刀を持ちあげた。

「太いな」

与力が驚いた。

「特徴のある刀でござるな。奉行所出入りの刀屋に見せれば、なにかわかるやも知れませぬ」

「よしなに」

併右衛門が応えた。

帰って行く町奉行所与力を見送った衛悟が言った。

「表沙汰《おもてざた》にしてよろしかったのでございまするか」

「よかったのだ。さすがは越中守さまよ。襲撃者をさらすことで、敵の動きを封じられたのだ」

死体の後始末を松平定信に相談した併右衛門は、盗賊として届け出よと指示された。

これで身元の知れない者として襲撃者の人相書きが江戸市中にまかれることになる。どこで思いあたる者が出てこないともかぎらない。あいつを見たことがあるとの噂だけでも、薩摩藩への抑止力となる。

「今度は、儂とそなたを確実に仕留められるとの確信のもてるまで、やっては来まい。さすがに、二度も三度も恥をさらすことはできまいからな」

ようやく併右衛門は、肩の力を抜いた。

旗本の次男が奥右筆組頭の屋敷へ押しこんだ賊を退治したことは、衛悟に思わぬ影響を及ぼした。

「ちょっと来い」

数日後、評 定所《ひょうじょうしょ》から帰ってきた賢悟が、衛悟を呼んだ。

「立花どののもとへ行かねばならぬのでございまするが」

「もう行かずともよい」

賢悟の言葉に衛悟は驚いた。

「どういうことでございましょうや」

「うむ。そなたの養子先が決まった。よろこべ、なんと二百石の旗本ぞ」

誇らしげに賢悟が言った。

「旗本でございまするか」

衛悟が確認した。将軍家に目通りできる者を旗本といい、御家人とは大きな格の差をもっていた。

「しかも番方じゃ。新番組伊東兵左衛門《いとうひょうざえもん》どのと言われる。先日、衛悟が賊を退治したことを知られ、上様をお守りする番方にこれほどふさわしい婿《むこ》はおるまいとのことでな。是非《ぜひ》にそなたをと、組頭さまを通じてお話があった」

「番方……」

旗本は大きく番方と文方にわけられた。

書院番、小姓組番に代表される番方は将軍警固や江戸城諸門の警備など、旗本の本分である武をもって仕えた。

文方は奥右筆など事務を職とする者であり、泰平の世では、こちらが重要視されていた。

また、文と武の間には交流があまりなく、文は武を時代遅れの石頭と馬鹿にし、武は文を刀さえ抜けぬ軟弱者と嘲《あざけ》っていた。

「めずらしい話じゃが、そなたにとって武方こそ本望であろう。それに伊東家は二百石とはいえ、領地もちじゃ。二百俵の我が家と収入は変わらぬが、なにかと余得もある」

決められた米を季節ごとに支給される蔵米取りである柊家に対し、伊東家は自前の領地を与えられていた。領地からは年貢だけでなく、特産品、季節の野菜などがもたらされ、使用人なども徴集できた。

「よい話である」

賢悟はすでに決めていた。

「よろしいのでしょうか。せっかく立花さまが養子先を捜してくださっておられまするのに」

　衛悟はすなおに喜べなかった。

「そう言われてから、まだ一度もご紹介はくださっておられぬ。もとより立花さまのお心遣いをないがしろにするつもりなどないが、頼りきるのも問題であろう。衛悟、そなたは柊家の者なのだ。養子先は、当主である儂《わし》が決めるべきことぞ」

　奥右筆組頭という実力者の機嫌を損なうことさえ、賢悟は気にしていなかった。それほど今回の話は大きかったのだ。

　ようやく小普請組《こぶしんぐみ》から抜け出たばかりで金のない柊家の次男以降に、まともな養子の話など来るはずなかった。

　衛悟より先に養子となった三男、四男ともに実家より格下の家へ行かされていた。それも旗本ではなく御家人の家へやられているが、まだ武家であるだけましだったかも知れなかった。貧乏御家人の息子が陪臣《ばいしん》どころか商家、農家の跡継ぎとされることもままあった。

「いかに奥右筆組頭とはいえ、これ以上の口はありえぬ」

「……はあ」

　たしかに反論するところはなかった。

「顔見せなどはいつでございましょう」

養子にも手順があった。最初は、互いの顔を見る機会を設けるのが通常であった。料理屋や茶屋に席を予約し、食事などを共にすることもあったが、それこそ日時場所を決めてすれ違うだけというのもあった。

「それはすんでおる。一昨日、道場へそなたが行ったところを、伊東どのがご覧になっておられたとのことじゃ」

あっさりと賢悟が告げた。

「いつのまに」

衛悟は驚いた。

「わたくしは、お相手を……」

「そなたに云々《うんぬん》する権利はない」

賢悟が断じた。

「厄介《やっかい》叔父の分際で、相手を選ぼうなど贅沢《ぜいたく》すぎるぞ」

「……申しわけありませぬ」

叱られて衛悟は頭をさげた。

「わかればいい。よいか、衛悟。数日中に伊東どのから、組頭さまへ養子縁組願いが出されよう。受理されしだい、吉日を選んで婿入りじゃ」

すでにことは衛悟の手に届かぬところまで来ていた。

旗本の家に生まれた者にとって、当主の命令は絶対であった。


衛悟は、併右衛門に縁組の話を報告した。

「ほう。そんな話を……いつのまに」

併右衛門の顔に一瞬怒気が浮いた。

賢悟の独断を併右衛門は腹立たしく感じていた。

「二百石か」

併右衛門が聞いても、驚くほどの好条件であった。

「いかがいたしましょう」

衛悟は問うた。

「儂に何が言える。儂と衛悟の関係は、雇い主と月二分で雇われた用心棒でしかない。それ以上のことは儂の範疇《はんちゅう》ではない」

きびしく併右衛門が告げた。

「……さようでございました」

言われて衛悟もうなずくしかなかった。

「残念であるが、今日で用心棒は終わりじゃな。長くご苦労であった。ずいぶんと助けられもした」

併右衛門が懐から紙入れを出した。

「まだ半ばではあるが、今月分の報酬《ほうしゆう》。それとこれは少ないが慰労金じゃ。隣家としての祝いは後日あらためてお届けする」

小判と二分金一枚ずつを併右衛門が紙に包んだ。

「かたじけない」

衛悟は紙包みを押しいただいた。

「遅くなってもいかぬ。帰るがよい。明日からは儂のことを気にいたすな」

決別の言葉を併右衛門が述べた。

「ご無事で」

衛悟は立花家を去った。

「父上さま」

衛悟を見送ることもなく、姿を隠していた瑞紀が顔を出した。

「聞いていたか」

併右衛門が嘆息した。

「よろしいのでございましょうか」

「止められる筋ではなかろう。衛悟は立花家の者ではない。柊が決めたことに口出しすることはできぬ」

「命をかけて父上さまやわたくしを救ってくださった衛悟さまを、あのていどのことでお捨てになるなど……」

「捨てるとは人聞きの悪いことを申すな」

娘の言いぶんに、併右衛門が苦笑した。

「なれども……」

「瑞紀よ」

まだ言いつのろうとする娘を併右衛門が抑えた。

「そなたはどうなのだ」

「……………」

問われた瑞紀が絶句した。

「命を救われたことを勘違いしてはおらぬか。恩返しだなどと考えておるならば、やめておけ。生涯は続かぬ」

きつく併右衛門が指摘した。

「父上さま……」

瑞紀が愕然《がくぜん》とした。

「はっきりと言っておく。瑞紀、おまえの婿としてならば衛悟でもよい。だが、立花の家を継ぐ者としては、不足なのだ。二百石でしかなかった禄を、儂は三十年かけて役高五百石にまで増やした。役高に足りぬ三百石はお足高としてちょうだいしておるが、足高は瑕瑾《かきん》なく一定の年限を過ごした者へ、在任中への褒美《ほうび》として加増されるが慣例。儂はその要件をすでに満たしておる。つまり、儂が譲るのは二百石ではなく五百石なのだ。その差がわかるか」

併右衛門が述べた。

「二百石と五百石では、天と地ほども違うのだ。役付きになることもたやすいうえに、最初からいい役目に就けるのだ。儂が苦労の末に得た奥右筆組頭でさえ、新しい立花の当主にとっては、通過するべき役でしかない。御小納戸を皮切りに、勘定衆《かんじょうしゅう》組頭、遠国《おんごく》奉行、はては勘定奉行さえのぞめるのじゃぞ。勘定奉行ともなれば役高は三千石。三千石だ」

熱い声で併右衛門が語った。

「三千石ともなれば、布衣《ほい》格じゃ。近江守《おうみのかみ》や相模守《さがみのかみ》などの名のりも許され、金輪抜きの笠もかぶることができる。外出に駕籠《かご》を使い、槍を押し立てて行列する。儂の跡を継いだ者がそこまでいってくれれば、孫のときはどうなる。より以上の昇格がありえるのだ。こととしだいでは大名となることさえも夢ではない。我が子孫が大名となる。考えただけでも身内が震えるではないか」

「父上さま」

目を輝かせる併右衛門に、瑞紀は息を呑《の》んだ。

「夢を追ってはいかぬのか」

ふいに併右衛門が問うた。

「……いえ」

「ここ百年のあいだに、敵を滅ぼしたあるいは、城を落としたとの理由で出世した者はおらぬ。しかし、上様のご機嫌をとって旗本から大名になったものは、いくらでもおる。出世は武ではできぬ。衛悟に望めることではない」

「…………」

瑞紀は沈黙した。かつて瑞紀が伊賀者に捕らえられたとき、併右衛門が漏らした言葉が瑞紀を縛っていた。

「子のためでなくば、出世する意味はない。子孫によい生活をさせてやりたいと思えばこそ、奮闘してきたのだ」

併右衛門の願いは、瑞紀にもわかるのだ。女なればこそ、より理解できるのかも知れなかった。女は産んだ子供が幸せになるためなら、なんでもできた。

「ゆっくり考えるがいい。肚《はら》が決まれば、返事を聞かせよ」

話はすんだと、併右衛門は瑞紀にさがれと手を振った。

四

用心棒の仕事がなくなった衛悟は、朝から道場に来ていた。

「聞いたぞ。手柄だの」

師範代の上田聖が、衛悟の肩を叩《たた》いた。上田聖は、藩の仕事でしばらく道場に来ていなかった。

「つっ……」

傷口への刺激に、衛悟は顔をゆがめた。

「噂《うわさ》では聞いていたが……賊ていどに傷を負わされるとは、情けない」

言いながらも、上田聖は衛悟の肩からそっと手を除けた。

「……恥じいる」

剣術遣いとしての油断であった。衛悟はすなおに未熟を認めた。

「よいのか、稽古《けいこ》などして」

上田聖が気遣《きづか》った。

「兄上が、道場へ行け、道場へ行けとうるさいのだ」

「どうした風の吹き回しだ」

衛悟の事情をよく知っている上田聖が首をかしげた。

「じつはな……」

養子の話を衛悟は打ち明けた。

「ほう。そういうことか。剣で得た話ならば、兄上どのが変わられるのもあたりまえか」

上田聖が、納得した。

「しかし、肩の傷がおさまらぬのに、稽古などしては逆に悪かろう」

「わかっておるがな。家におるよりましであるしな。なにより、右手が遣えぬからと相手が待ってくれるとはかぎらぬゆえ」

併右衛門の用心棒を辞めたことで、身の危険が完全になくなるとは思っていなかった。

「殊勝な心がけじゃ」

出てきた道場主大久保典膳が、褒《ほ》めた。

「まだ一同がそろうには、ときがある。衛悟、左手だけで、竹刀を振ってみせよ」

「はっ」

命じられて、衛悟は素振り竹刀を手にした。

素振り竹刀は、稽古竹刀に比べて二回りほど太く、重い。さすがに真剣ほどの重量はないが、一刻（約二時間）も振り続けると手が抜けそうになるほどであった。

衛悟は道場の中央に立つと、素振り竹刀を上段の形に構えた。大久保典膳の振ってみせよが、ただの素振りではないとわかっていた。

「…………」

大上段から必殺の一刀を振りおとすのを極意とする涼天覚清流である。衛悟はなんども素振り用の竹刀を片手であつかったことがあった。

目の前二間（約三・六メートル）の位置に敵の影を思い浮かべて、衛悟は気迫をためていった。

「始めよ」

大久保典膳は衛悟の呼吸をしっかり見抜いていた。

衛悟の気合いがたかまった瞬間に合図を出した。

「……ぬん」

息を鋭く吐きだしながら、衛悟は素振り用の竹刀を真っ向から落とした。

「ほお」

見ていた上田聖が、感嘆の声を漏らした。

「次、霹靂《へきれき》を撃て」

「はっ」

衛悟は素振り用の竹刀をふたたび天に向けた。

霹靂とは涼天覚清流の奥義である。全身の力をこめて落とした一閃《いっせん》を、すばやく切り返して下段から跳ねあげる。これをくりかえすのだ。

他流の秘太刀ほど技も派手やかさもないが、繰り返し撃つ一刀の速度を保たねばならず、熟達した者で二度が精一杯という厳しいものであった。

衛悟は目の前の影が斬りかかってくるのを脳裏に描いた。

涼天覚清流は、撃ちこんできた敵の動きを読んで、応じるという後《ご》の先《せん》を得意とした。

右から袈裟懸《けさが》けにきた影の太刀を見切り、衛悟は霹靂を撃った。

「おう……りゃあ……おおおう」

二度目の上段までが限界であった。素振り用の竹刀が、道場の床を打った。

「くっ」

かろうじて竹刀は落とさずにすんだが、衛悟の左手はしびれた。

「止《や》め」

大久保典膳が、告げた。

「衛悟、それでは死ぬぞ」

はっきりと大久保典膳が言った。

「はい」

衛悟は反論しなかった。

「先生、片手で三撃はなかなかと見えましたが」

上田聖が、口を出した。

「斬った人の数、その差か」

小さく大久保典膳がつぶやいた。

「衛悟、話せ」

大久保典膳が、うながした。

「三回撃ったのが失敗でございました」

「そうじゃ」

満足そうに大久保典膳が言った。

「上段から下段へ移るとき、手首をひるがえすであろ。両手なればこそ、刃筋を狂わさずにつなげることができるのだ。片手ではどうしても左に返りすぎる。今の霹靂では、撃てば撃つほど刃筋がずれる」

大久保典膳が説明した。

人の身体は斬りにくい。皮膚はまだしも、肉、骨などは、刃筋があわなければ、太刀が滑って斬ることができなくなる。

「一撃で決めなければなりませんでした」

衛悟は自覚していた。

「敵はなんだったのだ」

たんなる強盗ではなかったと大久保典膳は見抜いていた。

「薩摩示現流でございました」

「なにっ、示現流だと」

大声をあげたのは上田聖であった。

薩摩示現流はお止め流として、他流試合はもとより、演武さえおこなわなかった。示現流は剣を学ぶ者にとって謎である。その一端でも知りたいと思うのは当然であった。

「どうであった」

師範がいることも忘れて、上田聖が詰め寄った。

「落ち着かぬか、聖」

大久保典膳があきれた。

「はい」

あわてて上田聖がさがった。

「聞きたくなるのはわかる。儂とて、示現流は見たこともない」

「師匠でさえ……」

一流を相続するほどの大久保典膳も示現流の太刀を知らなかった。

「上段からの一撃を得意とするとしか、わかっておらぬでな」

「まねだけでよければ」

興味を持つ二人に、衛悟は言うしかなかった。

素振り用の竹刀を稽古用のものに持ち替えて、衛悟は構えた。

「ほう。それがとんぼか」

示現流の構えは、天を突かんばかりに高々とあげられた、上段ともいいがたいものである。

「ふうむ。涼天覚清流に似ておるな」

大久保典膳と上田聖が顔を見あわせて首肯した。

「ちぇえすとおおおお」

猿叫をあげて、衛悟は竹刀を振りおろした。右肩が痛んだが、竹刀を落とす無様なまねは避けられた。

「……二の太刀要らずとは、一撃必殺との意味だけでは……」

舌が張りついたかのように、上田聖が、こわばった口調で語った。

「よく見た。示現流とは敵にも己にも必死。一の太刀ありて二の太刀知らずは、死ぬ気の肚で撃てとの意味よな」

ゆっくりと大久保典膳も同意した。

「守りを捨てた攻めだけの剣か。派手やかな動きがないだけに、おそろしいな」

大久保典膳は、語った。

「もし、示現流の達人と刃を交わすとしたら、槍か鉄砲でも持っていたいわ」

師である大久保典膳の怖れに、弟子二人は黙るしかなかった。

筋を放たれたお庭番四家のうち、藪田定八《じょうはち》は水戸にいた。城下で、藪八という名のそば屋をやっていた。

「御三家こそ、真《まこと》の敵か」

そば屋を見張りながら、冥府防人は笑った。

御三家紀州《きしゅう》の出身である八代将軍吉宗は、薩摩島津、加賀前田などの外様大名より、尾張《おわり》、水戸、紀州の御三家を警戒した。

次男に田安、三男に一橋の家をたてさせたのも、御三家への対策であった。のちに九代将軍家重《いえしげ》が清水《しみず》家を作ったことで完成した御三卿を、幕府は御三家の上と格付けた。万一のときは、御三家より出せと遺言した家康の意思をねじ曲げてでも吉宗は自らの子孫に将軍を継がせたがった。

「さて、今宵しかけるか」

すでに二日、冥府防人は藪田定八を観察していた。

んでいた。

藪八は、水戸で三代を重ねていた。商家の娘を妻に迎え、子を産み、代を譲って死んでいた。

しっかり藪八は水戸の城下に溶けこんでいた。

藪八は、日が暮れまでしか店を開けていなかった。いや、城下の多くがそうであった。深更《しんこう》まで明かりを灯《とも》しているのは、わずかにある遊女屋だけで、ほとんどの店は日暮れとともに店を閉じた。

これは水戸藩の窮乏《きゅうぼう》に原因があった。

徳川家康の十一男頼房《よりふさ》を祖とし、三十万石もの領地を与えられている水戸藩が貧乏なのは、二代光圀《みつくに》に原因があった。光圀は、なにを思ったのか正しき歴史を編纂《へんさん》するとして、大日本史の作成を始めたのである。多くの資料を買い求め、数十人の学者を抱えることになった一大事業は、水戸藩に大きな負担となった。

しかも、光圀が死んで百年が経《た》つというのに、いまだ完成のめどさえたっていないのである。これからもどれだけ金を遣うのか、計算できないほどであった。

藩に金がなくなれば、家臣の禄を借りあげ、それでも足らなければ、減禄する。領土の増える予定のない大名のやることは同じである。水戸藩の藩士たちは、代々続く貧困にあえぎ、酒を飲むだけの余裕を失っていた。

「そろそろか」

冥府防人は闇へと溶けた。

「まいどどうも」

最後の客を送りだして、藪田定八は暖簾《のれん》を店のなかへとしまった。

「おまえさん、片付けはやっておくから、銭湯へ行っておいでな」

妻が、いつものように言った。

「そうさせてもらおう。今日はいつになく忙しかったで、汗をかいた」

藪田定八が前掛けをはずした。

「種《たね》はどうする。父さんと一緒に行くか」

五歳になる一人娘に藪田定八が問うた。

「あとでかあさまと行く」

「振られたか」

娘に断られて、藪田定八は苦笑した。

「行ってくる」

藪田定八は盥《たらい》と手拭《てぬぐ》い、ぬか袋をもって店を出た。

城下の銭湯は蒸し風呂である。大きな仕切りのなかに湯気を閉じこめ、熱気で汗を出させるのである。

ゆっくりと汗を流した藪田定八は、銭湯で出される薄いお茶をお代わりして、ようやく家路をとった。

冥府防人は先回りして待っていた。

すでに城下から人の姿は消えていた。

「誰だ」

あと十間（約一八メートル）というところで、藪田定八が足を止めた。

「ふふふ。腐ってもお庭番ということか……」

小さく笑いながら冥府防人が姿を見せた。

「な、何者だ」

身元がばれていることに、藪田定八は驚いていた。

「冥府防人と言う。とあるお方さまの命で動いておる」

「ふざけた名前を。誰の配下だ。水戸の手の者か。それとも伊賀か、甲賀か」

藪田定八が問いながら、ゆっくりと身体を動かした。盥の底板に仕込んである手裏《しゆり》剣《けん》を手の内へ納めた。

「もっと高いところにおられるお方よ」

「しゃっ」

冥府防人が口を開いた瞬間を藪田定八が狙った。

投げられた手裏剣はまっすぐ冥府防人へと飛んだ。

「…………」

半歩動いただけで、冥府防人がかわした。

「ふっ」

あらかじめ冥府防人の動きを藪田定八は想定してあった。二本目は狙い違《たが》わず冥府防人の喉《のど》を襲った。

「見え見えよ」

冥府防人は太刀を抜いて、手裏剣を弾いた。

これも藪田定八は読んでいた。

冥府防人の注意が手裏剣にそれた瞬間、藪田定八は濡れた手拭いを振った。手拭いが冥府防人の太刀にからみついた。

「…………」

無言で盥を投げつけ、冥府防人がかわすために重心を動かすのを待って、藪田定八が手拭いを引いた。濡れた手拭いは切れにくい。無手に見える忍は、こうして敵の得物を封じ、うまくすれば奪うのである。

「無駄なことを」

冥府防人の太刀は微動だにしなかった。

「ふっ……」

抜くような気合い一つで、冥府防人は巻き付いていた手拭いを切った。

「くっ」

短くなった手拭いを捨てて、藪田定八が背を向け、逃走を始めた。

「お庭番も江戸を離れて三代経てば、質が落ちるな」

江戸で何度かやりあったお庭番との差に、冥府防人は落胆していた。

「遊びはここまでよ」

手にしていた太刀を冥府防人は躊躇《ちゅうちょ》なく投げた。

「……はっ」

後ろに目があるかのように、藪田定八は太刀をかわしたが、わずかに動きを乱した。

冥府防人は、なんなく藪田定八に追いついた。

「見切りはなかなかと褒めてやりたいが……。しかし、話にならぬ」

「なにっ」

馬鹿にされたと悟った藪田定八がまなじりをあげたとき、冥府防人の手は脇差《わきざし》を抜きはなっていた。

「……くはっ」

冥府防人の脇差は水平に走り、藪田定八の首筋を十分に裂いた。

「うっうう」

言葉にならないうめき声を残して、藪田定八が絶息した。

「草は、目立ってはならぬ。だが、忍であり続けなければいかぬのだ」

冥府防人が、藪田定八の死体を背負った。

「柊、やはりおぬしでないとおもしろくないわ」

風のように冥府防人が消えた。

数日後、江戸城虎ノ門上に、一つの死体が置かれていた。

「誰がこのようなまねを」

すぐにお庭番はそれが藪田定八だと気づいた。騒がれる前に、お庭番たちは藪田定八の死体を桜田御用屋敷へと収納した。

「藪田定八め、なにひとつ残せなかったとは、情けなし」

隅々まで調べた村垣源内が、きびしい口調で断じた。

「なれど、このまま見すごすわけにはいかぬ。お庭番への手出しが、どれほど高くつくか思いしらせねばならぬ」

村垣源内の目が暗い炎に染まった。

第五章　大奥の刺客

一

大奥女中のなかでおおっぴらに男と話ができるのは、お広敷《ひろしき》の役人や留守居《るすい》、老中などと折衝《せっしょう》する表使いと御錠口番《ごじょうぐちばん》であった。

御錠口番とは、将軍家お渡りのお鈴《すず》廊下の錠口の管理を任とした。お鈴番所に詰め、中奥の奥の番との遣《や》り取《と》りをおこなった。

男子禁制の大奥女中である。もちろん奥の番と雑談など厳禁であるし、万一手でも触れようものなら、不義密通として罰を受けたが、用件について会話をかわすことは許されており、大奥女中垂涎《すいぜん》の役目であった。

「奥の番衆」

「御錠口番衆、なにか」

大奥からの声に、中奥奥の番衆が応えた。

「お楽の方さまより、上様へ御状。坊主一人通りまする」

「承知つかまつった」

用件を確認した奥の番が、受けた。

大奥で将軍に文箱を渡すことができるのは、御台所《みだいどころ》と家斉の子を産んだお部屋さまだけであった。

大奥側の錠口が開かれ、手に文箱を捧げた女坊主がお鈴廊下へ入った。ただちにご錠口は閉じられる。

「お開き下さいますよう」

女坊主が、甲高《かんだか》い声をあげた。

「お待ちなされ」

中奥側の扉が開かれ、奥の番が女坊主から文箱を受けとった。

こうして文箱は家斉のもとへと届けられた。

「お楽からか」

お小納戸《こなんど》の手を経て渡された文箱を家斉は開いた。

「ふむ。月見の誘いか」

内容はお楽の方からの招きであった。

「大奥へ参る。月見の宴じゃ」

家斉は小姓に伝えた。

月見の宴は、お楽の方の局ではなく、大奥にある将軍御座所《ござしょ》でおこなわれた。

上段の間に家斉と次男敏次郎が座り、お楽の方は下段の間に控えた。

「月見と申すが、雲がかかっておるの」

御座所の障子《しょうじ》は開け放たれていたが、月の光は一向に入ってこなかった。

「上様のお顔を見おろすことが畏《おそ》れおおいのでございましょう」

お楽の方が微笑《ほほえ》んだ。

「加津《かづ》よ。参れ」

月など最初からどうでもよかった。お楽の方が一人の女中の名前をあげた。

「畏れおおくございまする」

女中は、腰をわずかに浮かせたが、平伏したまま動かなかった。

「上様、お言葉をおかけくださりませ」

お楽の方が家斉を見た。

「うむ。面《おもて》をあげよ」

家斉が許した。

それでもしばらく逡巡《しゅんじゅん》して見せるのが礼儀であった。加津が頭を上げるまで、おなじことが三度くりかえされた。

「新御《しんご》番組《ばんぐみ》市川《いちかわ》多門《たもん》の娘加津にございまする。お広敷番をおおせつかっておりまする」

「なるほどの。美形じゃ」

三日後家斉は新たなお手つきを作った。


「先をこされたか」

家斉がお楽の方推薦の女中と一夜をともにしたことを、翌日御台所茂姫は知った。

「ならば、こちらもじゃ」

茂姫は、わざと日中を使って、お庭拝見をおこなった。

御台所の主催であれば、家斉が出ぬわけにはいかなかった。家斉は茂姫と並んで、大奥対面所から庭を見おろした。

「誰も来ぬの」

家斉が首をかしげた。

お庭拝見は、家斉に女中たちの顔を見せるのが目的である。植木を見ていても意味がなかった。

「今しばしお待ちを。どうやら、参ったようでございまする」

「どこぞ……一人しかおらぬではないか」

庭に目をやった家斉は、首をかしげた。たった一人の女中だけしか庭にいなかった。

お庭拝見は将軍がいても気にしないのが慣例である。女中は、ゆったりとしたしぐさで、庭木や石灯籠《いしどうろう》などを見ていた。

「……あれは」

家斉はその姿に見覚えがあった。総触れのおり、顔をあげていた女中であった。

「…………」

女中が家斉に気づいて、一瞬腰をかがめかけたが、お庭拝見では知らぬ振りをするのが決まりと思いだしたのか、すぐに姿勢を戻した。

「ううむう」

ほんの刹那《せつな》だけだが、瞳を合わした家斉は気を奪われた。今まで見たどの女とも違っていた。

「呉服《ごふく》の間詰《まづめ》、藤田栄でございまする。わたくしの実家から参りました者にございますれば」

紹介しながら茂姫はほくそ笑んでいた。将軍が名前を訊《き》いた女は、その夜、寝所にはべるのが慣習である。

「今宵《こよい》は、大奥へお泊まり下さいましょうや」

「う、うむ」

茂姫の問いに、家斉は上の空でうなずいた。

気に入れば誰にでも手が出せるというわけではなかった。万一を考えて、女の調べは念入りにされていた。

もっとも大奥にあがる段階で、かなりの調査はすんでいる。大奥女中が将軍家の寝所にはべるにあたって必要な手続きは、身体《からだ》あらためだけであった。

身体あらためといったところで、処女かどうかではなく、病を持っていないか、あるいは髪の毛、陰部に武器などを隠していないかを確かめるだけである。

大奥へ配されている奥医師が、中﨟《ちゅうろう》立ち会いのもと藤田栄の身体あらためをおこなった。

「これは……」

藤田栄の陰部を調べた奥医師が息を呑《の》んだ。

「なにかござったのか」

立ち会い役の中臈が、首を伸ばした。

「いえ」

中臈に首を振って、奥医師は藤田栄に顔を向けた。

「お伺《うかが》いいたす。近々《きんきん》の障りはいつでございましょうや」

奥医師が問うた。

「始まりが十日前で、終わりが三日前にございまする」

顔色も変えず、藤田栄が答えた。

「相違ござらぬ」

中臈が首肯《しゅこう》した。

月のものが来ている間は不浄として、呉服の間詰の者は、将軍、御台所の衣類には触れないのが決まりである。また、入浴も最後とするのが慣例であり、女中たちはかならずその旨《むね》を届け出なければならなかった。

「ならばけっこうでござる」

藤田栄の股間から奥医師が離れた。

「お病のしるし、ございませぬ」

奥医師が平伏して述べることで、身体あらためは終了した。

一度中奥へ戻った家斉は、夕餉《ゆうげ》、入浴をすませてから大奥へ渡った。

「お渡りでございまする」

御錠口番が大声で報《しら》せた。

すでに藤田栄は白絹小袖《こそで》一枚で、上の御錠口近くのお小座敷下段で待っていた。

「ご苦労である」

足音も高く入ってきた家斉が上段の間に座った。

「伽《とぎ》を申しつくる」

「かたじけなくお受けつかまつりまする」

応えたのは、藤田栄ではなく添い寝役の中﨟であった。

「参れ」

家斉が、藤田栄を招いた。

「…………」

深く平伏した藤田栄は、ゆっくりと足で擦るように下段から上段へと移動した。

「……ほう」

小さく家斉が感嘆した。

藤田栄の衣服に紐《ひも》はない。寝間着も肩に羽織《はお》っているだけである。歩けば、合わせ目の間から豊かな胸や股間の陰りが見えた。

「ご無礼つかまつりまする」

夜具の端で藤田栄は止まり、額をつけて平伏した。

「うむ」

家斉がうなずくのを待ってから、藤田栄が夜具へと身を横たえた。

「…………」

黙って家斉が、藤田栄に重なった。

その夜から家斉の大奥通いが始まった。家斉は毎晩藤田栄を寝所へ呼んだ。

「上様」

朝、中奥へ帰ってきた家斉を、松平定信が待ちかまえていた。

「越中《えっちゅう》か」

意見されるとわかっている家斉が苦い顔をした。

「大奥へお渡りになることを悪いとは申しませぬ。なれど、お一方のもとにばかりかよわれるは、いささかよろしくないのではございませぬか」

松平定信は遠慮せずに言った。

「皆、遠慮せい。越中と話す」

家斉が、人払いを命じた。

「上様、どうなさったのでございましょう」

小姓たちがいなくなるのを待って、松平定信が問うた。

「余にもわからぬというのが、本音じゃ。あの藤田栄と申す女《おなご》は、いままでの者たちと違いすぎるのじゃ」

「違うとは、どういうことで」

「なんというか、身にまとう気が、まったく別ものぞ。まず、余に媚《こ》びぬ。かと申して、嫌がっておるのではない。身体のことでもそうじゃ。初めてでないことなど、どうでもよいが、なんと申せばいいのか、とにかく違うのじゃ」

説明できないと家斉が述べた。

「藤田栄については、奥右筆から疑念があげられておりました。忍《しのび》やも知れませぬ。わたくしはよく存じませぬが、女忍のなかには、閨技《ねやわざ》で男をとりこにする者がおるやに聞いておりまする。もしかすると、藤田栄は、薩摩《さつま》から遣《つか》わされた女忍では……」

「余を夢中にさせ、島津の言うことを聞かせようとしておるのか」

「女一人ですむなれば、安うございましょう。上様が島津へ気を遣われ、お手伝いを避けておやりになれば、薩摩の財政はかなり好転することになりまする」

松平定信が言った。

軍資金を奪うのが目的で課されるお手伝い普請《ふしん》は、外様大名たちにとって死活にかかわる負担であった。とくに、幕府にとってもっとも警戒すべき薩摩島津、加賀《かが》前田、仙台伊達《だて》などの大大名へは、毎年のようにお手伝い普請が命じられている。

「薩摩にとって、木曾川《きそがわ》堤防お手伝いは、じつに四十万両という金の不足をうみだしましてございまする。大坂商人から借りた金の利息だけで、年二万両とも申しますれば、女一人で上様のご機嫌を取れるならば……」

「まんまとそれに余はかかったというか」

家斉が眉《まゆ》をひそめた。

「杞憂《きゆう》かも知れませぬが。なによりも、お一人を厚く寵愛《ちようあい》なさることは、他のお側室方の気をそこねかねませぬ」

大奥ほど嫉妬《しつと》による争いが陰湿なところはなかった。

「ふむ。藤田に影響が行くか」

　家斉のつぶやきは、すでに現実のものとなっていた。

　将軍の手がついた女中は、もとの身分がなんであれ、家斉づきの中﨟となる。あらたに局が与えられ、身の回りの世話をする者もつけられる。しかし、子供を産まないかぎり、お部屋さまとして将軍の身内あつかいはされなかった。

「藤栄《ふじえ》どの、お小座敷の掃除は終わりましたかえ」

　中﨟となったことで名前を変えた藤栄に、お清の中﨟が嫌みを言った。家斉の身の回りのことをするのが中﨟の役目であるが、寝所の掃除などは中年寄配下の女中の役目であった。

「紅尾《もみのお》どの。藤栄どののお役目は、お枕の塵《ちり》を払うのがお仕事なれば、寝所のお掃除などという大任はかないませぬぞ」

「ほんに、気づかぬことでございましたわ。瀬能《せのう》どの」

　紅尾と瀬能が顔を見あわせて笑った。

　藤栄はまったく気にしていなかった。深川《ふかがわ》の岡場所で数えきれぬほどの男のおもちゃにされ、人として、女としてあつかわれない日々を過ごしてきたのである。大奥女中の嫌がらせなど、蚊に刺されたほどでもなかった。

「………」

相手にすることなく、藤栄は中﨟の詰め所でただ家斉が来るまでのときを、無言で過ごしていた。

「今宵もお渡りじゃ。藤栄、用意をいたせ」

中﨟頭《がしら》が、冷たく告げた。

「ひっかかったか」

将軍家に新しい寵姫ができたとの噂《うわさ》は、またたく間に江戸城中にひろまった。

「はい」

治済《はるさだ》の言葉に、絹がうなずいた。

「あやつは十三で女を抱いたほどじゃ。豊千代《とよちよ》は生まれついての女好きよ。もっともそのお陰で、多くの孫に恵まれておるのだがな。邪魔なだけぞ」

じつの息子を、治済が嘲笑《ちようしよう》した。

「そろそろよかろうかの。薬はどうじゃ」

「……準備はできておりまする」

絹が告げた。

「ここにあるか」

「はい」

言われて絹が違い戸棚のなかから棗《なつめ》を取りだした。

「ずいぶんと風流なものに入れておるのだの」

笑いながら治済が、棗を受けとった。

「けっしてお口にされませぬように」

蓋《ふた》を開けようとした治済へ、絹が念を押した。

「わかっておる。儂《わし》はまだ死にたくないでな」

治済が棗を覗《のぞ》いた。

「汁か」

「はい。色のない水のような毒でございまする。皮膚に傷があれば、そこから身体に入りまするが、でなくば、まったく影響はおよぼしませぬ」

絹が述べた。

「これを女の乳に塗りまする。乾けば匂いもいたしませぬ。舐《な》めても味もありませぬ。気づかれることはございませぬ」

「で、これを口にしたらどうなるのだ」

「この薬は、胃の腑《ふ》と肝の臓をおかしまする。微熱が続き、食欲がなくなり、やがてものを食べても吐《は》くようになりまする。十日も口にすれば、立つことも難しくなり、寝たままに……」

「十日以上飲ませたらどうなるのだ」

「…………」

治済の問いに、絹は黙った。

「どうなるのかと訊《き》いておる」

きびしい声で治済が催促した。

「人によって多少の違いはございまするが……二十日も飲めば……」

「死ぬのだな」

治済の念押しに絹は首肯した。

「何日分あるのだ。この薬は」

「三十日はございまする」

か細い声で絹が答えた。

「この薬を、かの女に届けよ。きっと使い終えよと申してな」

「…………」

返された棗を、無言で絹が受けとった。

「御前さま……」

さすがの絹が震えていた。治済が家斉を殺せと命じたのだ。

「なにをしておる。きさまら兄妹《きょうだい》は、本来ならばとうに逆賊として、磔《はりつけ》になっていたのだぞ。将軍世子を殺しておいて、いまさらなにをためらうのだ」

治済が強い口調で言った。

「それとも、叛逆人《はんぎゃくにん》として幕府につきだされたいか。となれば、死ぬのは、冥府防人とそなただけではすまぬぞ。親も縁者も、いや甲賀まとめて滅ぼされよう」

「……それは……」

絹が治済の顔を見あげた。

「儂《わし》にしたがえ。儂が将軍となれば、兄には五千石と諸太夫を、そなたは我が側室として、大奥中藹の地位を与えてくれる。一族の栄華も思うがままぞ」

「……はい」

脅《おど》しと褒賞《ほうしょう》を並べられて、絹は命《めい》を受けた。

一夜明けて、併右衛門は娘の返事を聞くことなく登城した。

「いってらっしゃいませ」

見送る瑞紀は眠れなかったのか、瞼《まぶた》を腫《は》らしていた。

「悩むほどならば、返答は決まっておろうに」

併右衛門は、娘の心を見抜いていた。

「さて、奥右筆組頭《おくゆうひつくみがしら》の権を使うとするか」

奥右筆部屋に入った併右衛門は、重ねられた書付《かきつけ》をすばやく処理し始めた。

幕府でもっとも多忙な奥右筆である。他人の仕事にまで気を回す余裕などない。

「これは……ちと問いあわせねばなりませぬな」

「いかがされた」

立ちあがった併右衛門に加藤仁左衛門が訊いた。

「いや、少し聞きあわせに参りますゆえ、お願いをいたしまする」

席を離れている間の決裁を、同役の加藤仁左衛門に頼んで、併右衛門は奥右筆部屋を出た。

併右衛門は早足で黒書院溜の間《くろしょいんたまりのま》へと向かった。

黒書院溜の間は幕政顧問の大名が座する場所である。普段は政《まつりごと》にいっさいかかわることはないが、将軍家から諮問《しもん》があったときは、老中をこえる権をもってそれに答えるのである。

「御免《ごめん》くださいませ」

併右衛門は廊下に膝《ひざ》をついて、平伏した。

「誰ぞ」

なかから誰何《すいか》の声が返ってきた。

「奥右筆組頭立花併右衛門でございまする。松平越中守さまにお伺《うかが》いいたしたきことがあり、参上つかまつりましてございまする」

「御用か。うむ。今参る。入《い》り側《がわ》にて控えておれ」

松平定信が応えた。

黒書院溜の間に立ち入る格を併右衛門は与えられていなかった。併右衛門は黒書院脇の畳廊下《たたみろうか》で待った。

「ご苦労である」

すぐに松平定信が出てきた。

「こちらへ来るがいい」

松平定信が入り側の端へと併右衛門を誘った。

さすがにここまで来ると、ほとんど人の姿はなかった。

「なにがあった」

それでも松平定信は声をひそめた。

「先夜の者どもは……」

併右衛門は、屋敷を襲撃した者たちが薩摩藩士であると告げた。

「あの件か。薩摩藩士にまちがいないのか」

慎重に松平定信が確認した。

「あいにくわたくしではわかりかねまするが、柊の話によりますると、曲者《くせもの》の剣は示《じ》現流《げんりゅう》とか申す薩摩独特のものだそうでございまする」

衛悟の言葉を併右衛門は伝えた。

「あの者が、そなたや儂を偽る理由はないの」

松平定信が納得した。

「大奥へあがった女中一人のことを調べ始めただけで、薩摩が反応したか」

「抜け荷にかかわっておるのでございましょうか」

薩摩が幕府に隠したいことといえば、琉球《りゅうきゅう》を使っての抜け荷しか考えられなかった。

「いや、抜け荷と大奥ではつながりがなさ過ぎる」

ゆっくりと松平定信が首を振った。

「常識で考えれば、御台所さまの実家からあがった女中は、お身の回りのことをなすためであるが……」

「それならば、刺客を送る必要がありませぬ」

併右衛門もわからないと言った。

「いましばし様子をみるしかあるまい。いかに大奥へ入りこまれたといえども、上様のお身体になにかあったというわけではない」

松平定信が言った。

「はっ。それともう一つ……」

首肯《しゆこう》した併右衛門が、続けた。

「ほお。柊に養子の口がか。しかも腕を買われて武方へとは。めでたいことだが、ちとまだつごうが悪いの」

「さようにございまする」

併右衛門も同意した。

すでに裏の事情まで衛悟は知っていた。知ったうえでの用心棒である。衛悟をこのまま養子に出してしまえば、あらたな人材が必要となる。剣が立つのはもちろんのこと、それ以上に秘密を守る口の堅さが求められた。そう簡単に跡継ぎとなる人材があるとは思えなかった。

「よし。伊東家に婿《むこ》を紹介してくれよう」

「お願いできましょうか」

松平定信の案に、併右衛門はのった。

「うむ。二百石ではさすがに儂の息子を出すわけにはいかぬが、一門であぶれている者は何人かおる。百石ほど持参金代わりにつけてやれば……」

失脚したとはいえ、松平定信と縁ができ、そのうえ禄《ろく》もついてくるとなれば、二つ返事で応じることは確実であった。

「さらなる調べをな」

松平定信が、併右衛門に命じた。

二

吉原は偽りの場であった。

客は遊女の真実《まこと》を信じて、一夜を過ごし、己《おのれ》のすべてをさらけ出す。もちろん、その姿が決して大門から出ることはないと思いこんでいた。

「揚羽さんのお客は、たしか白河の……」

三浦屋四郎右衛門が、忘八《ぼうはち》に問うた。

「へい。白河松平越中守さまご家中の吉谷《よしたに》さまで」

「揚屋は浜松屋《はままつや》さんだったね」

「でござんす」

「浜松屋さんへ行ってね、今夜の座敷は、二階奥突きあたりをお願いしたいと言って来ておくれ」

「二階の奥……」

「だよ。でね、おまえには悪いけど、帰られるまでつきあってやっておくれ。いいかい、一言一句聞き漏《も》らすんじゃないよ。揚羽さんには、ご家中のことを聞き出すように伝えておくから」

小声で三浦屋四郎右衛門が言った。

吉原の遊女と一夜を過ごす座敷を貸す商売が揚屋である。客は揚屋から遊女を呼び、飲みくいしたあと、夜具をともにするのである。その揚屋にはからくりのある部屋がかならずといっていいほどあった。

からくりといったところで、壁に覗き穴が開いているだけであるが、ここからなかの様子を窺《うかが》うのである。

これは、吉原の開業初期、遊女の嘘を真《ま》に受けた男によるとりこもり騒ぎが、立て続けてあったことに起因していた。

また、心中などされては遊女屋も大損になる。

そこで、揚屋にこれはと思う客をとおすからくり部屋が作られた。

謹厳実直、寛政《かんせい》の改革をおこなった松平定信の家中であっても、吉原には足を運んだ。いや、吉原にしか行けなかった。吉原以外の岡場所はすべて違法であり、まれにだが町奉行所による手入れなどもある。そんなところで捕まるとか、ひっかかったりすれば、白河藩の恥、松平定信の改革が嘘になりかねなかった。

「主さま……」

遊女が、吉谷にしなだれかかった。

「揚羽」

吉谷が揚羽の肩を抱いた。

吉原の遊女は町娘と違い、帯を腰のあたりでゆったりと締めている。少しの動きでも胸元が拡がる。

吉谷が肩から手を回して胸を触った。

「まだ宵の口でありんすえ」

嬌声《きょうせい》をあげながら、揚羽が吉谷の手を上から押さえた。

「泊まりは許されぬのでな」

武家の遊びは昼と決められていた。

「わかっておりやんすが、それでもつれないお言葉でありんすえ。他の女衆に訊けば、白河さま以外のお家では、夜遊びも黙認なされておられるとか」

「たしかに、昨今、屋敷に戻ってこずとも咎《とが》められぬ藩が増えたと耳にはしておるが、我が白河はきびしいのじゃ」

「お殿さまでありんすかえ」

寛政の改革は奢侈《しゃし》に流れた世相を糺《ただ》すために、質素倹約をきびしく命じた。影響は吉原にも大きく、客足が遠のいたほどであった。吉原は松平定信のことを嫌っていた。

「主さまのたいせつなお殿さまとわかっておりなんすが、ええい、一夜をともに過ごせぬことが悔《くや》しいでありんす」

揚羽が身をもんだ。

「そう言うてくれるな。拙者とて辛いのじゃ。なんせ、殿がお堅いゆえな。皆も困っておるのよ。老中筆頭を退かれたのだ。家督もお譲りになられて、ご隠居なさってくだされればよろしいのだが、なかなかにの」

「お元気でいらっしゃるのでありんすなあ」

「そうでもないのだがの」

吉谷がふと漏らした。

「まあ」

揚羽が緊張した。

じっと覗き穴から見張っていた忘八も耳をそばだてた。

「最近、お身体の調子が芳《かんば》しくないと、近習《きんじゅ》たちが噂しておったのだ」

「それは、ご心配でありんすねえ」

「……うむ」

そこで吉谷が手をぐっと揚羽の懐《ふところ》へ入れた。

「主さま……」

揚羽があえいだ。

翌朝、松平定信の体調がよくないとの報告が、三浦屋から老中太田備中守《びっちゅうのかみ》の留守《るす》居役《いやく》田村一郎兵衛にもたらされた。

「でかした。もっと詳細を頼むぞ」

三浦屋四郎右衛門を褒《ほ》めたが、田村一郎兵衛は、いっそうの努力を求めた。

「そうか。そうか」

田村一郎兵衛から報された太田備中守も、満足そうにうなずいた。

「身体をこわしたとなれば、越中守が溜 間詰《たまりのまづめ》を遠慮するのはまちがいなかろう。さすれば、白河の手出しはなくなる」

太田備中守がほくそえんだ。

政務ご諮問《しもん》と呼ばれる溜間詰は、代々の家柄でしめられていた。会津《あいづ》松平、彦根井伊《ひこねい》、そして高松松平である。特例として、酒井《さかい》、本多《ほんだ》、榊原《さかきばら》の三家で長く老中を務めた者に、名誉として一代限り溜間詰が許されることはあったが、本来親藩でもない譜代の久松松平に属する白河藩は、なれない決まりであった。

それを家斉が、特に松平定信の功を認め、やはり一代限りという条件をつけて、溜間詰にしたのである。松平定信が退けば、白河藩松平家は、ただの譜代大名に戻らなければならなかった。

「どれ、城中で探りをいれてみるかの。いや、それより、上様に申しあげて、十徳を下げ渡していただくか」

太田備中守が、思案した。

十徳とは着物の一つである。茶人が身につけるもので、のんびり茶の湯でも楽しむがいいとの意味で、将軍から十徳を下賜《かし》された者は隠居しなければならなかった。

「越中がおらなくなれば、松平伊豆守《いずのかみ》も牧野備前守《まきのびぜんのかみ》らも幕閣を去らざるをえまい」

松平伊豆守と牧野備前守は老中である。ともに松平定信の引きによって老中となった。松平定信引退の後も残り、その政策を受けついでいた。

太田備中守の不満はここにあった。御用部屋は、いまだ松平定信の影響下にあり、太田備中守は思うように権力を振るえなかった。

「本来ならば、江戸城の主は、太田道灌《どうかん》の血を引く我らであるはずなのだ。いまさら将軍になりたいとは申さぬが、老中筆頭になってもおかしくはあるまい。紀州で足軽をしていた田沼が大老となったのだ。夢と一笑されることではない」

「はい」

「大老となれば、江戸の付近で十万石を手にすることも難しくはない」

父祖の地から遠い浜松で五万石に甘んじていることを、太田備中守はよしとしていなかった。

「引き続き、調べを怠《おこた》るな」

太田備中守が命じた。

翌日、眠そうな家斉に政務の報告をおこなった太田備中守は、最後に松平定信のことを口にした。

「耳に挟《はさ》んだだけではございますが、功績厚い越中守どのにかかわることなれば、上様にもお報せいたすべきではないかと」

わざと気の進まぬ風を太田備中守が装った。

「なんじゃ」

あくびをしながら家斉が問うた。

「聞けば、越中守どのには、お身体の具合がよろしからぬとか」

「……そうか」

一瞬家斉の目が光ったが、すぐにだるそうな表情へ戻った。

「越中は、八代さまの血筋であるだけでなく、老中筆頭として幕府をよく保ってくれた。その越中に万一があってはならぬな」

家斉が言った。

「十徳を用意させましょうや」

太田備中守が訊いた。

「いや。まずは、本人と話をいたしてみようかの」

「思し召《おぼ》《め》しのとおりに。越中守を呼びましょうや」

家斉の命となれば、溜間詰の大名であろうとも、呼び捨てにするのが当然であった。

「うむ。誰ぞ、越中をここへ……備中守、ご苦労であった」

まだ残ろうとする太田備中守を、家斉は排除した。

「では、これにて」

松平定信と家斉の会話を聞きたかった太田備中守であったが、家斉の言葉にはさからえなかった。

太田備中守が去って、少しして松平定信が御休息の間へとやってきた。

「お呼びとの」

「うむ。皆、ちと遠慮せい」

家斉が人払いをさせた。政《まつりごと》にかかわる者にとって健康は、大きな要因であった。権力を失いたくない者は、なにより病を隠したがる。家斉の人払いは、適した処置であった。

家斉の顔色を見た松平定信が眉《まゆ》をひそめた。眼窩《がんか》もくぼみ、唇《くちびる》も血の気が薄れている。明らかに家斉の体調は悪化していた。

「身体の調子が悪いのか」

前置きもなく家斉は問うた。

「はて、すこぶる快調でございまするが……」

唐突な問いかけに松平定信が首をかしげた。

家斉が事情を話した。

「なるほど。どうやら家中に太田備中守の手にはまった者がおるようでございまするな」

松平定信が読み取った。

「たしかに、先月の末、少し夜更かしが過ぎまして、風寒を感じたのはたしかでございまするが……」

先月の末とは、津軽藩の抜け荷の一件が結末を迎えたときであった。

「よほど、越中が邪魔らしい」

事情をさとった家斉が笑った。

「ところで、上様」

「大奥がよいのことならば、聞かぬぞ」

家斉が先手をうった。

「いえ、あえて申しあげまする。ここ数日、上様のご血色が優れませぬようにお見受けいたしまする。奥医師に問いただしましたところ、ご体調ままならず、お食事もお進みではないご様子」

「ふん。余に直接触れることもせずして、よく申してくれるわ」

力ない声で家斉が笑った。

尊き人の身体に直接触れるのは畏れおおいと、奥医師たちは毎朝家斉の検診を糸脈でおこなっていた。糸脈とは、家斉の左手首に糸を巻きつけ、隣室からその糸を引っ張って脈を診《み》るというもので、まったく意味のない行為であった。

「上様、重要なことでございまする。どうぞ、真実をお聞かせ下さいませ」

松平定信が詰め寄った。

「……わかった」

真摯《しんし》な松平定信に、家斉が折れた。

「たしかに思わしくない。ここ数日、身体がだるく、食欲もほとんどない。皆に気を遣わせたくないゆえ、無理にでも食しておるが、なにを喰《く》っても味がせぬ。それに、夜眠れぬ。うつうつとするのが精一杯で、まったく寝た気がせぬ」

家斉が語った。

「……じつは、奥右筆から報告がございました」

話を聞いた松平定信が声をひそめて告げた。

「…………」

すっと家斉の表情も変わった。

家斉も松平定信が、奥右筆組頭立花併右衛門の後《うし》ろ盾《だて》をしながら、走狗としていることを知っていた。

「藤田栄の実家とされておりまする薩摩藩三田下屋敷に調べを入れたところ、奥右筆の屋敷へ薩摩の手とおぼしき者が押しこんだとのことでございまする」

「ふうむ……」

「上様。いかがお考えでございましょう」

家斉と松平定信は、近い親戚でもあった。家斉の父治済と定信はともに八代将軍吉宗の孫で従兄弟《いとこ》同士にあたった。

松平定信は、家斉に思案させるため、思惑を口にせず、意見を待った。

「わざとらし過ぎるの」

家斉が口を開いた。

「ご明察でございまする」

大きく松平定信が首肯した。

「御台所の実家でなくば、薩摩の者が大奥へあがることは考えられぬ。そして、その者が、御台所の推しで、余の側にはべることとなった」

「はい」

「つまりは、最初から、あの女を余にあてがうため」

「そのように思いまする」

「で、薩摩は一体なにを得るのだ。藤栄を余が寵愛したとして」

家斉が首をかしげた。

「二つ考えられまする」

松平定信が話し始めた。

「一つめは、上様の寵愛を受けた中﨟藤栄を使って、幕府の心証をよくすることでございましょう。運良く、上様のお種を宿せば、ますます薩摩の立場はよくなりまする。万一、御台所さま、中﨟藤栄の産んだ子が将軍位を継いだとなれば、薩摩は将軍の外戚。外様ではなく、親藩に近いあつかいを受けることになりまする」

「ふん」

鼻先で家斉が笑った。

「徳川にとって終生の敵、薩摩の血を引く者が将軍を継ぐなどありえぬであろう」

家斉は、薩摩の血を引く男子が、成人することはないと知っていた。

「畏れ入りまする」

松平定信が平伏した。

「よいわ。将軍となったときから、いろいろと覚悟した。これもそのうちじゃ」

いつものあきらめたような表情を家斉が浮かべた。

「で、もう一つを申せ」

家斉がうながした。

「もう一つは……畏れおおいことながら、中﨟藤栄を使って上様のお命をお縮めすると……」

言いながら松平定信の声が震えた。

「藤栄を使って、余を殺すと言うか。まさか、毎日のように房事を重ねさせて、腎虚《じんきょ》になどと申してくれるなよ」

家斉があきれた。

腎虚とは、房事過多による衰弱のことである。家斉と同衾《どうきん》する女は御台所を除いて、すべて、毎回体中を調べられるのだ。小袖を留める帯さえ取りあげられる。武器を持ちこむことなどできなかった。

また、同衾にはかならず見張り役の中﨟がついた。体術にすぐれた女が、ことの最中に家斉の首を絞めようとしても、気づかれ、邪魔されるだけであった。

「それにつきましては、村垣をお召し下さいますように」

松平定信が、委細は村垣源内から報告させると言った。

「なにかお庭番《にわばん》がつかんだのか」

「わたくしも信じられぬことでございましたゆえ、直接ご下問くださいますように」

伝聞では信用が薄いと松平定信は考えた。

「承知した。庭に出るとしよう」

首肯した家斉が、松平定信の顔を見た。

「まだ十徳は要《い》らぬようじゃな。老中首座を降りてより、少し枯れたかと思ったが、まだまだ十分、生臭いの」

あたりに聞こえるよう大声で家斉が述べた。

「畏れ入りまする」

松平定信は、苦笑するしかなかった。

人払いしたままなのをよいことに、家斉は松平定信を残して、ご休息の間から庭へと降りた。

「やれ、これほど足に来ていたか」

庭下駄《にわげた》を履《は》いているにもかかわらず、家斉は宙に浮いているような感覚で、足下に力が入らなかった。

吹上《ふきあげ》ほどの大きさはないが、中奥にも手入れの行きとどいた庭があった。

家斉は庭の奥に作られた池を覗きこんだ。大和郡《やまとこおり》山柳沢家《やまやなぎさわけ》から献上された金魚が、群れをなして泳いでいた。

「おるか」

「ここに」

家斉の言葉に、村垣源内が姿を現した。

「越中守から、そなたに問えと言われたぞ」

背後の村垣源内には目をやらず、金魚を見ながら家斉が述べた。

「畏れ入りまする。わたくしがお願いを申しあげました」

村垣源内が平伏した。

「で、なんぞ。越中が教えてくれたのは、余を殺すために大奥へ女中をあげたというところまでじゃ。あの女は忍か」

家斉が問うた。

「いいえ。忍とは思えませぬ。香枝にも確認させましたが、肉の付きかたが忍の鍛錬を受けた者とは違うとのことでございまする」

小さく村垣源内が首を振った。

「肉の付きかたが違うか。源内、香枝はどうなのじゃ」

みょうなところに家斉は興味を示した。

「一人前の忍となるべく、鍛錬をすませておりまする」

「ほう。一度見てみたいの」

「ご容赦《ようしゃ》を願いまする」

きびしい口調で村垣源内が止めた。

「兄妹《きょうだい》そろって堅いな」

家斉が苦笑した。

「申せ」

笑いを消して、家斉が命じた。

「おそらく上様に毒を……」

「毒……それこそありえぬぞ。余が口にするものは、すべて毒味されておる。食事はもとより、茶、白湯《さゆ》まで数人の毒味が終わらぬと、余の口には入らぬ。これでどうやって毒を飲ませるというのだ」

家斉が馬鹿なことをとあきれた。

「なにがあっても決して余人が毒味できぬのが、お側の方さまのお身体」

「女に毒を塗ってあると言うか」

村垣源内の話に、家斉が息を呑《の》んだ。

「はい。毒のなかには味も匂いも、そして色もないものがいくつもございますれば」

「しかし、毒を塗った女を抱いたその場で余が死ねば、薩摩も無事ではすまぬぞ」

家斉が言った。

「混ぜものをくわえたり、毒をあわせたりいたしますことで、効果の発現を自在に変えることは、可能でございまする」

村垣源内が語った。

「家基どののこともあるか」

十代将軍家治の世継ぎ家基が、品川へ狩りに出た帰り、高熱を発して死去したことを家斉は思いだした。

「あれは父の仕業よな」

「…………」

家斉の問いに村垣源内は平伏することで答えた。

「将軍世子であった家基どのは、江戸城へ戻ってから一晩もがき苦しんで亡くなられた。手を下したのは田沼主殿頭意次であるが、そのじつ、裏で糸を引いたのは父」

将軍になって家斉は、お庭番からことの真相を報されていた。

「家基どのを排することで、己が将軍にと考えた父は、最大の障害となる田安賢丸《さだまる》、いまの定信を、早くから白河へ追いやるなど、布石を打っていた。しかし、父のもくろみははずれた。そなたらお庭番によって、すべてを十代将軍家治さまが知られたからだ」

村垣源内は、無言で聞いていた。

「かといって、ときの大老格と御三卿《ごさんきょう》一橋家が、息子を暗殺したなどあかるみに出せるはずもない。それこそ徳川の根太《ねだ》が揺らぐことになる。そこで家治さまは、盛大な嫌がらせに出た。まず、息子を殺された恨《うら》みを思いしらせるため、田沼主殿頭の嫡男山城守《やましろのかみ》意知を佐野善左衛門《さのぜんざえもん》によって刃傷させた。そして、将軍世子として、父の息子である余を指定した。これでは、父も反対のしようがないからな」

家斉は、小さく笑った。

「……………」

「しかし、父はまだあきらめておらぬようじゃ。今度は、じつの息子を除けようとされておる」

「畏れ入りまする」

深く村垣源内が平伏した。

「薩摩に、余を害するだけの利も肚《はら》もないことなど、最初からわかっておる。ようやく得た将軍の義父という地位を失うことになりかねぬことなど、重豪にできるものか……」

「上様。その藤栄さまのことでございまするが。実家は薩摩ではございませぬ」

苦い顔で村垣源内が調べたすべてを告げた。お庭番は、併右衛門たちよりも早くにたどり着いていた。

「なに、遊女に売られて……実家は津軽に仕えたが、先日一族死滅したと」

「はい」

「口封じか……」

つぶやいた家斉がふらついた。

「上様」

村垣源内があわてて家斉を支えた。

「大事ない。手を放せ」

家斉が村垣源内の手を払った。

「やれ、将軍の地位など譲れるものなら、さっさと渡してしまいたい。なにも思うがままにできず、絶えず他人の目があるところで生き、好きなものさえ喰《く》えぬ。厠《かわや》へ行くにも供が付き従うような思いを、したがる者の気が知れぬ。しかし、父に与えることはできぬ。幕閣どももおるゆえ、なにも自在にできまいとは思うが、恣意《しい》を振るわれては、迷惑する者もでよう。なにもせぬ将軍こそ、幕府を長くもたせるのだ」

女を抱くことしか興味がないような顔をしながらも、家斉は英邁《えいまい》であった。

「排しましょうか」

村垣源内が訊いた。

「藤栄をか」

「はっ」

「いや、余が引導を渡そう。藤栄は道具でしかない。身体を繋《つな》いだ者としての情じや」

「万一ということも……」

家斉の言葉に村垣源内が危惧《きぐ》をしめした。

「お庭番を余は信じておる。香枝が見張っておるのであろう」

香枝が寝所そばに控えていることを、家斉は知っていた。

「畏れおおい」

地に額を押しつけて、村垣源内が歓喜に震えた。

「ところで、あの調べはどうなっておるのだ」

「申しわけございませぬ」

家斉は、殺された藪田定八のことを言っていた。村垣源内は恐縮するしかなかった。

「父の手元に忍がおるそうじゃが、とても一人でできることではなかろう」

「はい。藪田定八は三代前に水戸へ移り、我らとの繋ぎもほとんど絶えておりました。その定八を探しだし、殺すなど一人では無理でございまする」

裏に大きな力があると、村垣源内が告げた。

「父に家臣はおらぬ」

治済に手足となって動く家臣はなかった。

「伊賀組は……」

「はぐれ者を使って奥右筆を襲ったようでございまするが、そのあとはまったく動いている様子もございませぬ」

しっかりとお庭番は伊賀組を見張っていた。

「お庭番の全力を費やしてでも、見つけだせ。お庭番への仕打ちは、余への挑戦でもある」

「承知つかまつりましてございまする」

村垣源内が頭をさげた。

三

諸大名から出される届け出は、多岐にわたった。なかには、面倒なだけのものもあった。

「加賀前田家より、新規召し抱えの届け出が参りましたわ」

積みあげられた書付のなかから、取りだした一枚を見て、加藤仁左衛門が嘆息した。

「いまどき、新規お召し抱えとはめずらしきことでございまするが、いちいち届け出てまいらずともよろしかろうに」

「痛くない腹を探られたくないとのことでございましょうが、寛政の世に外様が謀反《むほん》を企むなど、誰も思いませぬ」

併右衛門と加藤仁左衛門が顔を見あわせて苦笑した。

外様大名が、藩士のあらたな召し抱えを報せるのは、幕府への恭順をあらわすためであった。

幕初、まだ戦国の気風が色濃く残っていたころ、徳川は外様大名をわずかなことで取《と》り潰《つぶ》した。とうぜん潰された藩の家臣たちは浪人となる。そのなかには、戦国で名前をはせた豪傑、名将がたくさんいた。

幕府ができたとはいえ、まだどうなるかわからない時期である。どこの大名も有能な家臣を欲しがり、名のある浪人たちを争って召し抱えた。これが幕府の忌諱《きき》に触れた。

「浪人を抱えるということは、戦《いくさ》の準備なり。すなわち幕府への叛逆である」

あきらかな難癖であったが、まだ政権の安定しない幕府は、強硬に出た。

幕府を怖れた諸大名は、浪人を召し抱える場合、後の咎めを避けようと、あらかじめ届け出るようになったのである。

「しかし、新規召し抱えとは豪勢なことでございますな」

併右衛門が感心した。

諸大名の懐はどこともきびしく、藩士を減らすことはあっても増やすところなどまずなかった。

「さよう、さよう。我が家でも家士を一人放ちたいくらいでござる。拙者がお役に就いているあいだはよろしいが、退いてからはちと……」

同意だと加藤仁左衛門が言った。

「どことも財布はきびしいようで」

結局話はそこへ戻った。

ゆっくりと雑談をする暇など、奥右筆にはない。すぐに己の仕事に二人は没頭した。

「待てよ……」

併右衛門が筆を止めた。

「そういえば、新規召し抱えの書付に藤田の名を、見たような気が……」

奥右筆に求められるのは、字の美しさよりも記憶の良さであった。老中から先例の確認などを求められたとき、即座に答えられなければならないからである。

併右衛門は立ちあがった。

「どうなされた」

不意の行動に加藤仁左衛門が、驚いて顔をあげた。

「いや、ちと調べものができましたゆえ、書庫へ参りまする。さほどときはかからぬかと思いますゆえ、よしなに」

そそくさと併右衛門は奥右筆部屋の二階へとあがった。

奥右筆部屋の二階は、過去にあつかった書類の控えがすべて保管されていた。

「新規召し抱えで、今年のものは……これか」

幸い、書付は数枚ですんだ。

「あった。津軽藩江戸屋敷に藤田幾馬という者が百石で抱えられておる。藤田栄が大奥へあがる少し前か」

書付には付録があった。藤田家の略歴である。

「取り潰された小堀和泉守《こぼりいずみのかみ》の家中であったか」

併右衛門は書付をもとに戻すと、改易にかんする棚へと移った。

改易になり、城や本陣を幕府に明け渡すときには、武器や財産などの目録とともに、士分以上の家臣分限帳も用意するのが決まりであった。

家臣分限帳とは、藩士の名簿である。藩が潰れたときの家臣名、禄高《ろくだか》、役職を書いたもので、城や本陣の受けとりに来た収城使に渡される。

「藤田……あった。馬廻《うままわり》頭《がしら》か。そこそこの家柄ではないか」

馬廻とは、その名のとおり、戦場で主君側に仕える役目で、藩でも名門に入る家柄の証拠であった。

「さすがにこれ以上のことは書いてないな。藤田栄が藤田幾馬の一族である証拠はないが、津軽と薩摩、抜け荷でつながりのある両家で同じころ藤田の名がでるのは……」

併右衛門は思案した。

「手がかりがこれしかないならば、すがるしかないの。さて、衛悟は使えるようになったのかどうかだが」

書付をしまいながら、併右衛門がつぶやいた。

衛悟は朝から道場へ出ていた。養子先が決まったことで、兄と兄嫁の機嫌はよくなり、昼飯を食えるだけの小遣いをくれるようになっていた。

「ちと小腹がすいたな」

夕刻、衛悟は一人律儀屋《りちぎや》へと足を伸ばした。

諸物価高騰に連れて団子を値上げする店が多いなか、かたくなに従来の数と料金を守っている律儀屋は、小遣い銭がなかったときから衛悟のひいきである。

醬油《しょうゆ》をつけて焼いただけの団子だが、夕餉《ゆうげ》までの繫ぎとしては十分なものであった。

「おや、ご次男どのではないか」

一串目の団子を食い終わった衛悟に、声がかかった。

「御坊、今お帰りか」

衛悟も応えた。

「托鉢《たくはつ》も終わったで、ねぐらへ戻る途中でござるよ。姉や、わたくしにも二つ頼む」

覚蟬も床机《しょうぎ》に座った。

「ご次男どの、どうなされた。ちと天庭に覇気がござらぬぞ」

衛悟の額を指さして、覚蟬が言った。

「お悩みでもござるのか。よろしければ、お話しになられてはいかがかの。金も力もないしみったれ坊主でござるが、聞くくらいはいたしますぞ」

覚蟬がうながした。

「養子先が決まったのでござる」

うながされて衛悟は告げた。

「それはめでたい」

「めでたいのでござるが……」

「お気が進まれぬか」

「何一つ文句のないお話なのでござる。なれど……」

小さく衛悟は首を振った。

「逃げることになるとお思いであろ」

すっと覚蟬が核心を突いた。

「覚蟬どの……」

言われて衛悟が絶句した。

「立花どのでござったかな、お隣は。衛悟どのの気がかりが、親父どのにあるのか、娘御にあるのかまでは、わかりませぬがな」

「………」

あらためて言われて、衛悟は声を失った。

己のこだわりがなんなのか、わからなくなってしまっていた。

「養子には行かねばならぬ。旗本として生まれたかぎり、上様にお仕えするが任である。なにより、いつまでも兄の世話にもなってはおられぬ」

義務だと衛悟は述べた。

「しかし、後ろ髪を引かれる思いがすると」

「……なのでござる」

衛悟は首肯した。

「よきかな、よきかな」

覚蟬が顔をほころばせた。

「悩みなされ。衛悟どのの歳ごろで、先ほどのようなあきらめた顔などなさるものではござらぬ」

団子を覚蟬が頰《ほお》ばった。

「たしかに人には、生まれたときから課せられたものがござる。武士の家に生まれたものは武士として生きねばなりませぬ。それは人の世の決まり。一人衛悟どのだけではございますまい。兄上も、立花どのも同じ。皆、そうして生きておるのでござる」

「……わかっておりまする」

衛悟は首を垂《こうべ》れた。

「おまちがえになっては困りまするぞ。拙僧は衛悟どのに悟りを開けなどと言ってお りませぬ。決められた範疇《はんちゅう》のなかでもできることはいくらでもござろうと申しあげて おるので」

「できること」

「さよう。ご養子先が決まったからとはいえ、婿入りされるまで今までと同じように いたされてよろしい。衛悟どの、あなたのなすべきをなされよ」

覚蟬が、はっぱをかけた。

「後悔してよいのでござる。ただ、動いてから後悔をなされ。なにもしなかったこと で後悔するのは、つろうございますぞ」

「……後悔せよでございまするか」

言われて衛悟は、迷いが薄くなるのを感じた。

「人など、ああすればよかった、こうすればよかったと思いつつ棺桶《かんおけ》に入るもの」

「覚蟬どの、かたじけない」

衛悟は勢いよく駆けだした。

「団子が残っておりますぞ……どれ、食べものを粗末にしては仏のばちがあたりまするでな。拙僧がお供物《くもつ》としていただくといたしましょう。なむあみだぶつ」

団子の皿へ向かって覚蟬が手を合わせた。

「さて、どう動く。将軍親子が相剋《そうこく》してくれれば、幕府の力は弱まる。されど、それにつけこむだけの気概はすでに大名どもになし。大きな波となるには弱すぎるか」

団子を食いながら、覚蟬がつぶやいた。

「公澄法親王《こうちょうほっしんのう》さまに御報告するのは、早計だの。まだどう転ぶかわからぬ。朝廷も幕府と共存すべしと叫ぶ者、薩摩に密勅《みっちょく》を下せと言う者と、一枚岩ではござらぬし、国がまとまるのは、なかなかに難しいことで」

覚蟬は、目を閉じた。


律儀屋から一目散に衛悟は桜田門を目指した。

あの日以来、衛悟は併右衛門の出迎えをしていなかった。

「おろかだった」

衛悟は覚蟬に言われて、数日来心にあった重さは、逃げだすことへの後ろめたさだとようやくわかった。

併右衛門と組んで戦ってきた日々を衛悟はなかったことにするところであった。

「人を斬って生きのびてきたことまで無にしては、死んでいった者に申しわけがない」

真剣勝負で勝った者には負けた者への責任が生じた。決して戦ったことを忘れないという約束がそこにはあった。

「剣を遣う者としての義務まで放棄して、なんの武方へ養子ぞ」

衛悟は晴れ晴れとした気分であった。

「柊の家を放逐《ほうちく》されることになろうとも、拙者は立花どのの結末を見届けねばならぬ」

旗本としてではなく、剣士としての覚悟を衛悟はした。

併右衛門は桜田門を出たところで、目を疑った。

「衛悟……なにをしている」

待っている衛悟に、併右衛門は近づいた。

「出迎えではございませぬ。他行しての帰り、偶然お見かけいたしただけでござる」

笑いながら衛悟が言った。

「偶然か。ならば、隣家の誼《よしみ》。いっしょに帰ろうではないか」

併右衛門も笑った。

「どうだ。養子先が決まった気分は」

「お断りいたそうかと存じまして」

衛悟の答えに、併右衛門は思わず足を止めた。

「なんだと」

「立花どの。貴殿の立場は変わっておられませぬ。ならばわたくしも変わるべきではないと思案つかまつりました」

「なにを言うか。そなたはいわば巻きこまれただけ。それに儂との間は月二分で雇われただけの関係だ。なんの責任を感じる必要はない」

併右衛門が首を振った。

「剣士としての責任でござる」

衛悟は語った。

「殺した者への義理立てか。剣術遣いとはややこしいものよな」

あきれた顔で言いながらも、併右衛門も理解していた。

襲われた結果とはいえ、併右衛門も一人殺したのだ。人の命を奪ったのは初めてであり、おそらく二度とないだろうが、その重さは併右衛門の背中にしっかりのっていた。

「しかし、それでは、賢悟どのの意思にさからうことになる。家におられなくなるぞ」

「覚悟はいたしておりまする。いざとなれば、道場で寝起きいたすだけのこと」

大久保典膳の内弟子として、もう一度鍛えなおしてもらうのも悪くないなと衛悟は思った。

「それに……すべてが終われば、立花どのが養子先を紹介くださると思っておりますので」

衛悟は付け足した。

「此度《こたび》ほどの話はまずないぞ。それこそ、御家人で両親祖父母、小姑《こじゅうとめ》つきとなってもよいのか」

「けっこうでござる」

併右衛門の話に、衛悟はうなずいた。

「やれ、馬鹿だとはわかっていたが、ここまでおろかだとは思わなかったわ」

言いながらも併右衛門は喜びを感じていた。

道具でしかなかったはずの衛悟が、いつのまにかともに戦う相方に変わっていた。

併右衛門は、肩の荷が少し軽くなった気がした。

「衛悟、津軽藩の上屋敷を訪ねてくれぬか」

「津軽でございますか」

聞いた衛悟は首をかしげた。津軽は抜け荷の一件で衛悟や併右衛門と対立した相手である。

「ああ、心配せずともよい。すでに津軽には、奥右筆部屋から非公式な聞きあわせと連絡してある」

併右衛門と衛悟、津軽藩は敵対していた。しかし、それは裏のことである。表だって通達すれば、津軽藩邸に衛悟が入ったところで、かすり傷一つ負うことはない。衛悟に万一があれば、津軽藩は無事ではすまないのだ。

「承知いたした」

請けた衛悟の雰囲気が変わった。

「またか」

すぐに併右衛門は理解した。立花家の中間《ちゅうげん》、若党も併右衛門の周囲を守るように位置を変えた。

「この気配は……覚えがある。出てこい」

衛悟は太刀を抜いた。

「覚えていたか」

入りくんだ武家屋敷の辻から、伊佐木が姿を見せた。

「薩摩藩の者……」

「ではないわ」

伊佐木が首を振った。

「おぬしのお陰で、藩に捨てられたわ。もっとも手柄次第で、帰藩はかなうが、最初の条件どおりとはいかなくなった」

ゆっくりと伊佐木が、進んだ。

「同志たちを、奉行所に渡してくれるとは、武士の情けも知らぬ輩《やから》よ。そのお陰で、あの者たちの一族まで放逐《ほうちく》された」

「旗本の屋敷に押し入ったのだ。強盗あつかいで当然であろう」

併右衛門が言い返した。

「ふざけたことを言ってくれるな。きさまら、わかっていて三田の下屋敷に手をのばしたのではないか。いわば、そちらから仕掛けてきた戦《いくさ》。襲われることは覚悟していたのではないか。なぜに嘴《くちばし》を挟《はさ》む。そっとしておけば誰も傷つかずにすんだはずだ」

伊佐木が恨みを述べた。

理屈は通っていた。伊佐木の立場からすれば、衛悟が三田の下屋敷へ藤田栄のことを聞きにさえ来なければ、死んだ者も己も変わることなく無事だったのだ。

「上様に万一があってはならぬ」

一分の理を認めそうになった併右衛門は、己に言い聞かせるよう口調を強めた。

「なにが上様ぞ。女を抱くしか能がない癖に、武家の統領でございとふんぞり返っているだけではないか。関ヶ原さえ違っていたら、関東の一大名であったかどうかさえ疑わしい。徳川といえども、もとは豊臣の家臣、島津や前田とどれほど違うというのだ。いいや、さらにさかのぼれば三河の一土豪でしかない。我らと同じな」

目を血走らせて、伊佐木が言った。

「神君家康さまが、天下を取られた。島津は負けたのだ」

「そうだ。たしかに島津は家康に膝《ひざ》を屈した。いいか、島津が負けたのは家康じゃ。徳川ではない。家康にならば、我ら敗者は二心なく従おう。しかし、今の徳川に従う義理はない。家康ほどの器量を持つ者は未だ現れておらず、将軍にいたっては、直系でさえない」

「ぶ、無礼なことを申すな」

家斉を嘲笑《ちようしよう》されて、旗本が黙っているわけにはいかなかった。併右衛門は太刀に手をかけた。急いで家士たちが止めた。

「ふん。筆より重いものを持ったことのない役人風情に、儂が斬れるか」

伊佐木がさらにあおった。

「おのれ……」

抑える中間たちを振りほどこうと、併右衛門が身をよじった。

衛悟は緊張していた。伊佐木が一度も衛悟を見ようとしないのである。伊佐木にしてみれば、併右衛門より直接仲間を斬った衛悟が憎しみの対象であるはずなのに、まったく目を向けてさえこないのだ。

重ねた戦いが衛悟を慎重にしていた。

もう一つ衛悟は不審を感じていた。どんなに探っても、伊佐木が発する殺気一つしか見あたらないのだ。

そこにどのような意思がこめられていようとも、人が人を注視すれば気配が生まれる。しかし、まったく感じられなかった。

もちろん、いかに剣士といえども、すべてを察知できるわけではなかった。おのれに向けられたものでない場合や、離れていれば気づかない。

「一人で出てくるほどおろかとは思えぬ」

藩から切り捨てられて、自暴自棄になったとも考えられるが、伊佐木は冷静に見えた。

「死んでわびよ」

伊佐木が太刀を抜いた。

衛悟もあわせた。

真剣の持つ迫力は、当事者だけでなく周囲も圧迫していく。併右衛門と中間たちの顔色が白くなっていった。

「邪魔するか、青二才」

とんぼに構えながら、伊佐木が低い声を出した。

「…………」

抜いてしまえば命の遣り取りである。敵と会話する必要はなかった。衛悟は霹靂《へきれき》の形に入った。

大久保典膳に指摘されたことを衛悟は忘れていなかった。あのころよりよくはなっていたが、右肩の傷は完治していない。

刃筋を整えるため、衛悟は右手を柄《つか》から離し、片手上段にした。

「左手だけで防げると思っているならば、やってみるがいい。己の傲慢《ごうまん》さを知りながら逝《ゆ》け」

伊佐木がじりじりと間合いを詰めてきた。

駆ける勢いをのせて撃つのが示現流《じげんりゅう》である。間合いはすぐに三間（約五・四メートル）を割った。

「ちぃえええすとおお」

猿叫《えんきょう》をあげて伊佐木が、地を蹴った。

疾《はや》さ、強さで示現流に比肩する剣は、ほとんどない。

「なんと」

併右衛門は、伊佐木の動きが見えなかった。

「……ふっ」

衛悟は足を送ることで避けた。反撃に出なかったのは、伊佐木の一撃に疑念がさらに濃くなったからである。

「全力ではない」

涼天覚清流《りょうてんかくしんりゅう》もそうだが、一撃必殺を旨《むね》とする剣術は、己のすべてを切っ先にこめる。いままでの修練を余すところなく発揮するために、命さえ剣に重ねる。

技の巧拙《こうせつ》以上に命をかける気迫が、真剣勝負には必要であった。

「ならば、引きずり出すまで」

衛悟は、すり足で間合いを詰めた。

「……ちぇええ」

とんぼに戻っていた伊佐木が、ふたたび太刀を落とそうとした。

「遅い」

すでに衛悟の太刀は動き始めていた。

「ふっ」

刹那、衛悟の太刀が早かった。あわてて伊佐木が受け止めた。

甲高い音がして、日暮れの江戸に火花が散った。

ぶつかった反動を利用して、二人は後ろへ跳んだ。

「りやああ」

引いた足が地につくなり、衛悟は蹴った。

止められたことで宙にあった太刀をそのままぶつけるように振った。

「……くう」

十分な間合いを取ったと思った伊佐木は、油断していた。

片手薙《な》ぎは、肩を入れられるぶん伸びる。伊佐木は三寸（約九センチメートル）見切りをあやまった。

衛悟の太刀は伊佐木の右肩から胸へと届いた。しかし、片手撃ちの太刀はわずかに刃筋をかたむけていた。伊佐木の傷は浅く流れただけであった。

「この……」

斬られた痛みが、伊佐木の頭に血をのぼらせた。

「示現流は不敗の剣。それが旗本風情にやられることなどない」

伊佐木が衛悟を蹴った。衛悟はすばやく後ろへさがって避けた。

「薩摩は負けてはおらぬ。関ケ原の前も後も、幕府の兵は薩摩の地に入っていない。なのに、なぜ我らは、旗本に礼を尽くさねばならぬのだ」

薩摩藩の持つ鬱積《うっせき》を、伊佐木は口にしていた。

「儂より劣る者に頭をさげねばならぬつらさ、きさまにわかるか」

伊佐木がふたたび太刀を構えた。

「百年経っても、先祖の功は変わらぬなどおかしい。己に功なきまま、旗本よ家老よなどと威張《いば》り散らすなど言語道断。なればこそ、儂は手柄をたてて、返り咲いてやる。己の力で出世するのだ」

猿叫をあげて伊佐木が斬ってきた。

「…………」

衛悟は伊佐木の太刀筋を見切った。

空を斬ったと悟った伊佐木が叫んだ。

「やれえええ」

背筋を走る悪寒に衛悟は咄嗟《とつさ》に伊佐木へととびついた。

「離れろ」

抱きつくような衛悟を伊佐木が振り払おうとしたとき、轟音《ごうおん》が響いた。

「つうう」

衛悟の左耳から血が吹いた。

一瞬、一同の動きが止まった。

「……鉄砲だと」

併右衛門が呆然《ぼうぜん》とつぶやいた。

三十間（約五四メートル）ほど離れた屋敷の塀《へい》の上から煙があがっていた。

「ご府内で発砲だと」

大声で併右衛門は怒鳴った。

鉄砲は最強の兵器であった。名のある武士が足軽の放った弾であっさりと死んでしまうのだ。武者の質より鉄砲の数が戦を支配する。それを幕府は忘れなかった。江戸へ鉄砲が入ることを厳重に取り締まっただけではなく、城下での発砲も禁止した。

併右衛門の声は塀の上に届いた。

「しまった」

塀の上に寝ころびながら鉄砲を撃った男が、舌打ちをした。

「雇い人を傷つけるわけにはいかねえと思ったのがよくなかったな」

男は二発目を込めず、逃げだす算段を始めた。

「白波屋の親分さんには悪いが、ご府内での発砲は斬首もの。しばらく江戸を売らせてもらうしかねえな」

男は品川の猟師であった。江戸に近い品川だったが、狼も狐も出た。御城外でもあり、品川には鉄砲猟師が何人か住んでいた。

猟師ほど気配を断つのがうまいものはなかった。人よりはるかに鋭い感覚を持つ獣を相手にしているのだ。引き金を引く瞬間まで殺気を漏らさないようにしなければ、獲物を手にすることはできなかった。

「博打《ばくち》の借金棒引きは惜しいが、首代金にはたりねえ」

急いで男は鉄砲を抱えて背を向けた。

「なにをしている、撃て、撃て」

伊佐木がわめいたが、二発目はとうとう発射されなかった。

「おのれえ、逃げやがったなあ」

一瞬伊佐木が目を背後へと向けた。

大きな隙《すき》であった。命の遣り取りの最中に相手から目を離すなど論外である。

「…………」

垂らしていた右腕で衛悟は脇差《わきざし》を抜き、伊佐木の腹へと押しこんだ。

「あくっ……な、なにを……こいつ……」

腹のなかに熱いものを感じた伊佐木が、柄まで埋まっている脇差を見おろした。

「薩摩へ帰り……」

涙を流しながら、伊佐木は息絶えた。

もたれかかって来るように崩れた伊佐木を衛悟は支えた。憐憫《れんびん》の情が、心に小さな痛みを与えた。

「大丈夫か」

急いで併右衛門が近づいてきた。

中間たちが、伊佐木の身体を衛悟から引き離した。

「血が……」

衛悟の耳から出ている血に中間が気づいた。

「かすり傷でござる」

言われてようやく衛悟は痛みを感じだした。

「手当をせねばなるまい」

併右衛門は衛悟を屋敷へと連れて帰った。

「おかえりなさいま……衛悟さま」

出迎えた瑞紀が、息を呑《の》んだ。垂れる血で衛悟の顔から肩が染まっていた。

「す、すぐに手当を」

瑞紀が道具をとりに奥へと走った。

「訊かずともわかるな」

蒼白な顔で衛悟の手当をする娘に、併右衛門はつぶやいた。

「立花どの……」

包帯を巻かれた衛悟が、口を開いた。

「なんじゃ」

声をかけられた併右衛門が、訊いた。

「なぜここまでできるのでござろう」

衛悟は問うた。剣士であったはずの伊佐木が鉄砲を使ったこと、薩摩が藩士を捨ててまで、併右衛門の命を狙ったことなど、衛悟には理解できなかった。

「人の業よ。今よりいい思いをしたいという、人のな」

併右衛門は瞑目《めいもく》した。

四

家斉はふらつく足下を隠して、大奥へ渡った。

「今宵もお相手は藤栄どのだそうじゃ」

「ずいぶんなご寵愛ぶりでございますな」

毎夜のように一人の側室に伽を命じているのだ、大奥ではよるとさわると、藤田栄の話になった。

「これならば、まもなくご懐妊であろう」

「お部屋さまか。そうなれば、誼《よしみ》をつうじておくべきでございましょうな」

機を見るに、大奥ほど敏なところもなかった。

「お添い寝つかまつりまする」

藤栄が夜伽のときは、いつも芳江が添い寝役であった。

「上様……」

夜具へ藤栄が入ってきた。

「うむ」

家斉がうなずくのを天井から、香枝が見おろしていた。

「今宵引導を渡すと仰《おお》せられたそうなれど……」

兄源内から香枝は聞かされていたこともあって、緊張していた。

「ご無礼を」

いつものように小袖を肩から滑り落として、藤栄が裸になった。

「惜しいの……」

しみじみと家斉が言った。

「なにか」

藤栄が家斉の胸にすがりながら訊いた。

「二度とそなたの乳を吸えなくなったわ」

「えっ」

身体を起こした藤栄は、覗きこんだ家斉の瞳が冷たく光っているのを見て、すべてをさとった。

「ご無礼を……ぐっ」

一言詫《わ》びて藤栄は舌を嚙《か》んだ。

「う、上様……」

芳江がことの成り行きに震えた。

「騒ぐな。ひそかに人を呼べ。ことを大げさにはできぬ」

それだけ言うと家斉は夜具に身を落とした。すでに精も根も尽きはてていた。

「はっ」

あわてて芳江が、廊下に出た。

「弟さえ無事ならと、自害したのであろうが……あわれな」

満足そうに息絶えている藤栄に家斉は哀れみを覚えた。

「別式女《べっしきめ》の衆」

小さな声で、芳江が呼んだ。

「なにか……」

二人の別式女が近づいてきた。

「始まり申した」

芳江が、一人の別式女にうなずいた。

「なんのことでござる」

わからないと訊いたもう一人の別式女の首に、薙刀《なぎなた》の刃が落とされた。桶の水をぶちまけたような音がして、首が落ちた。

「姉上」

仲間を斬った別式女が、倒れた仲間の持っていた薙刀を拾いあげ、芳江に渡した。

二人は顔を見あわせて、家斉の寝所へと駆けこんだ。

「家斉、覚悟」

「父の恨み、われら姉妹が果たしてくれる」

薙刀を振りあげた。

「な、なにっ」

家斉が驚愕《きょうがく》した。しかし、衰弱した身体では十分に反応できなかった。

「三年前、切腹を命じられた岸田内記《きしだないき》を忘れたとは言わせぬ」

まなじりをつりあげて芳江が言った。

「岸田内記だと。ご膳番だった岸田か」

　名前を聞いた家斉はすぐに思い出した。将軍家の食事を差配する立場を利用して、岸田は、御用商人から多額の賄賂《わいろ》を受けとっていた。

「金のことは金で内済するのが慣例にもかかわらず、父は切腹を命じられた。咎人の一族が、どれだけ白眼視されたか、わかるまい」

　泣きながら芳江が述べた。

「切腹を命じられたは、内済のあともひそかに続けていたからぞ。一度目は許されても二度目はない」

「黙れ。この日のために忍従してきたのだ。言いわけなど聞かぬ」

「人が来まする。姉上、急いで」

　別式女が、恨み言を述べようとした姉を止めた。

「そうであった」

　芳江が、家斉に薙刀をぶつけた。しかし、慣れてないことがさいわいして、刃は届かなかった。

「姉上、近づかねば」

　踏みこんで別式女が薙刀で斬りつけようとした。

「畏れおおいことをいたすな」

天井裏から落ちた香枝が、小刀で薙刀を受けた。

「なにやつ」

予想していなかった援軍に芳江が驚いた。

「蔭供《かげとも》……お庭番か」

別式女が、香枝の正体に気づいた。

「邪魔だていたすな」

叫びながら芳江が、薙刀で香枝へ斬りかかった。

「…………」

片手で別式女の薙刀を防ぎながら、香枝が掌《てのひら》に仕込んでいた手裏剣《しゅりけん》を投げた。

「かっ」

額に手裏剣を撃ちこまれて、芳江が死んだ。

「姉上……」

血がのぼった別式女が、香枝を押し斬ろうと体重をかけてきた。後ろに家斉をかばっている香枝は避けるわけにはいかなかった。

「ふっ」

真っ赤な顔をしている別式女目がけて、香枝が息を吹いた。

「つううう」

隠し武器、含み針が別式女の左目に刺さった。痛みの余り、薙刀から手が離れた。

「しゃっ」

香枝の小刀が別式女の心の臓を貫いた。

「た、助かったぞ」

家斉が、ようやく半身を起こした。

「ご無礼をいたしましてございまする」

香枝が膝をついた。

「いや、さすがはお庭番じゃ」

夜具の上に家斉はやっとの思いで座った。

「……うつくしいの」

戦いの名残《なごり》、顔を赤くし息を荒らげている香枝に家斉が見とれた。

「上様」

急いで香枝は乱れた衣服と髪を整えた。

「なんとかならぬか」

家斉が口説《くど》いた。

「なりませぬ」

きっぱりと香枝が否定した。

「なにやら口にしておりましたが」

倒れている姉妹に香枝は話を変えた。

「恨まれるのも将軍の仕事か」

家斉は首を振った。

「調べをいたすよう、兄に伝えまする」

香枝が言った。

「どうせ、父が後ろにおるのであろうよ。罪を得た者の娘を大奥へあげる方法はいくつもあるでな」

「申しわけございませぬ」

香枝が詫びた。どのようなことであれ、家斉の身に危難がおよんだのだ。身辺警護を任とするお庭番の失策であった。

「ここまで父が深く手を入れているとは思わなかったとはいえ、たしかに、油断であった。しかし、あまりになされすぎじゃ。父の手足を奪わねばなるまいな」

大きなため息を家斉がついた。

大奥での騒動は完全に秘されたが、翌日には治済の耳へ届いていた。

「せっかくの仕掛けが無駄になったか」

さほど惜しそうではない口調で治済が述べた。

「お庭番の目をそらすには成功したようじゃが、大奥にも手が入っていたとはの。まあ、こちらの損失は三人の女だけですんだのだ。さして痛くはないが」

香枝の名前はさすがに知られていなかったが、治済はこの度《たび》の襲撃を止めた者がいることに気づいていた。

「…………」

無言で冥府防人は聞いていた。

「ところでお庭番どもはどうじゃ」

お庭番による、藪田定八を殺した者のあぶり出しは、まさに草の根を分けていた。

「ほどなく、甲賀と知られましょう」

冥府防人は、出身の仲間さえ道具としていた。

「そうか。では、甲賀とお庭番の争いが始まろうな。ふふふ。それは見物じゃ。甲賀が勝てば、家斉は耳目を失い、お庭番が勝ったところで、傷は大きくいままでのような動きはできまい」

楽しそうに治済が笑った。

津軽藩を訪れた衛悟は、藤田家が断絶していることを知った。

「口封じか、それとも手がかりを断つためか。むごい話よ」

報告を聞いた併右衛門は小さく首を振った。

「ごくろうであった」

併右衛門がねぎらった。

「では、これで終わりだと」

衛悟は不満であった。

「しかたあるまい。本尊の藤田栄が病死したのだ。死体となって大奥を出た者にかかずりあっている暇はないのだ」

言いながら併右衛門も不満そうであった。

「さきほど、松平越中守さまより、大奥のことは止めおき、かわって甲賀のことを調べよとの命が参った」

「甲賀……忍でございまするか」

衛悟は息を呑んだ。

「手伝ってくれるか」

「はい」

衛悟は力強く首肯した。

「そういえば、養子の口はどうなった」

「断られましてございまする。なにやら、願ってもないお血筋から婿を迎えることになったとかで」

「ほう」

感心して見せながら、併右衛門は心のなかで笑っていた。

「では、賢悟どのはご立腹であろう」

「それが、詫び料に五十両包んでこられたらしく、兄も兄嫁も喜色満面でございました」

衛悟は苦笑した。

一両あれば一家四人が一ヵ月喰《く》える。五十両は借財のある柊家にとって大きかった。

「残念だったの。なに、任せておけ。そなたの行き先は儂がかならず見つけてくれるでな」

言いながら、併右衛門は機嫌がよくなるであろう、娘瑞紀の顔を思い浮かべていた。

本書は文庫書下ろし作品です

|著者|上田秀人　1959年大阪府生まれ。大阪歯科大学卒。'97年小説CLUB新人賞佳作。歴史知識に裏打ちされた骨太の作風で注目を集める。講談社文庫の「奥右筆秘帳」シリーズは、「この時代小説がすごい!」(宝島社刊)で、2009年版、2014年版と二度にわたり文庫シリーズ第一位に輝き、第3回歴史時代作家クラブ賞シリーズ賞も受賞。「百万石の留守居役」は初めて外様の藩を舞台にした新シリーズ。このほか「禁裏付雅帳」(徳間文庫)、「聡四郎巡検譚」(光文社文庫)、「闕所物奉行裏帳合」(中公文庫)、「表御番医師診療禄」(角川文庫)、「町奉行内与力奮闘記」(幻冬舎時代小説文庫)、「日雇い浪人生活録」(ハルキ文庫)などのシリーズがある。歴史小説にも取り組み、『孤闘　立花宗茂』(中公文庫)で第16回中山義秀文学賞を受賞、『竜は動かず　奥羽越列藩同盟顛末』(講談社文庫)も話題に。総部数は1000万部を突破。
上田秀人公式HP「如流水の庵」 http://www.ueda-hideto.jp/

侵蝕《しんしょく》　奥右筆秘帳《おくゆうひつひちょう》

上田秀人《うえだひでと》

2008年12月12日第1刷発行
2020年8月12日第29刷発行

発行者——渡瀬昌彦
発行所——株式会社　講談社
東京都文京区音羽2-12-21　〒112-8001
電話　出版 (03) 5395-3510
　　　販売 (03) 5395-5817
　　　業務 (03) 5395-3615

Printed in Japan

講談社文庫
定価はカバーに
表示してあります

デザイン—菊地信義
本文データ制作—講談社デジタル製作
印刷———豊国印刷株式会社
製本———株式会社国宝社

ISBN978-4-06-276237-3

講談社文庫刊行の辞

二十一世紀の到来を目睫に望みながら、われわれはいま、人類史上かつて例を見ない巨大な転換期をむかえようとしている。

世界も、日本も、激動の予兆に対する期待とおののきを内に蔵して、未知の時代に歩み入ろうとしている。このときにあたり、創業の人野間清治の「ナショナル・エデュケイター」への志を現代に甦らせようと意図して、われわれはここに古今の文芸作品はいうまでもなく、ひろく人文・社会・自然の諸科学から東西の名著を網羅する、新しい綜合文庫の発刊を決意した。

激動の転換期はまた断絶の時代である。われわれは戦後二十五年間の出版文化のありかたへの深い反省をこめて、この断絶の時代にあえて人間的な持続を求めようとする。いたずらに浮薄な商業主義のあだ花を追い求めることなく、長期にわたって良書に生命をあたえようとつとめるところにしか、今後の出版文化の真の繁栄はあり得ないと信じるからである。

同時にわれわれはこの綜合文庫の刊行を通じて、人文・社会・自然の諸科学が、結局人間の学にほかならないことを立証しようと願っている。かつて知識とは、「汝自身を知る」ことにつきていた。現代社会の瑣末な情報の氾濫のなかから、力強い知識の源泉を掘り起し、技術文明のただなかに、生きた人間の姿を復活させること。それこそわれわれの切なる希求である。

われわれは権威に盲従せず、俗流に媚びることなく、渾然一体となって日本の「草の根」をかたちづくる若く新しい世代の人々に、心をこめてこの新しい綜合文庫をおくり届けたい。それは知識の泉であるとともに感受性のふるさとであり、もっとも有機的に組織され、社会に開かれた万人のための大学をめざしている。大方の支援と協力を衷心より切望してやまない。

一九七一年七月

野間省一

〈既刊紹介〉

上田秀人作品◆講談社

百万石の留《る》守《す》居《い》役《やく》 シリーズ

老練さが何より要求される藩の外交官に、若き数馬が挑む！

第一巻『波乱』2013年11月 講談社文庫

外様第一の加賀《かが》藩。旗本から加賀藩士となった祖父をもつ瀬能数馬《せのうかずま》は、城下で襲われた重臣前田直作《まえだなおなり》を救い、五万石の筆頭家老本多政長《ほんだまさなが》の娘、琴《こと》に気に入られ、その運命が動きだす。江戸で数馬を待ち受けていたのは、留《る》守《す》居《い》役《やく》という新たな役目。藩の命運が双肩にかかる交渉役には人脈と経験が肝心。剣の腕以外、何もない若者に、きびしい試練は続く！

上田秀人作品◆講談社

第一巻
『波乱』
2013年11月
講談社文庫

第二巻
『思惑』
2013年12月
講談社文庫

第三巻
『新参』
2014年6月
講談社文庫

第四巻
『遺臣』
2014年12月
講談社文庫

第五巻
『密約』
2015年6月
講談社文庫

第六巻
『使者』
2015年12月
講談社文庫

第七巻
『貸借』
2016年6月
講談社文庫

第八巻
『参勤』
2016年12月
講談社文庫

第九巻
『因果』
2017年6月
講談社文庫

第十巻
『忖度』
2017年12月
講談社文庫

第十一巻
『騒動』
2018年6月
講談社文庫

第十二巻
『分断』
2018年12月
講談社文庫

第十三巻
『舌戦』
2019年6月
講談社文庫

第十四巻
『愚劣』
2019年12月
講談社文庫

第十五巻
『布石』
2020年6月
講談社文庫

〈以下続刊〉

上田秀人作品◆講談社

奥《おく》右《ゆう》筆《ひつ》秘帳シリーズ

「筆」の力と「剣」の力で、幕政の闇に立ち向かう圧倒的人気シリーズ！

江戸城の書類作成にかかわる奥右筆組頭《おくゆうひつくみがしら》の立花併右衛門《たちばなへいえもん》は、幕政の闇にふれる。帰路、命を狙われた併右衛門は隣家の次男、柊衛悟《ひいらぎえいご》を護衛役に雇う。松平定信《まつだいらさだのぶ》、将軍家斉《いえなり》の父・一橋治済《ひとつばしはるさだ》の権をめぐる争い、甲賀《こうが》、伊賀《いが》、お庭番の暗闘に、併右衛門と衛悟は巻き込まれていく。「この時代小説がすごい！」（宝島社刊）でも二度にわたり第一位を獲得したシリーズ！

第一巻『密封』2007年9月　講談社文庫

上田秀人作品◆講談社

第一巻
『密封』
2007年9月
講談社文庫

第二巻
『国禁《こっきん》』
2008年5月
講談社文庫

第三巻
『侵蝕《しんしょく》』
2008年12月
講談社文庫

第四巻
『継承』
2009年6月
講談社文庫

第五巻
『簒奪《さんだつ》』
2009年12月
講談社文庫

第六巻
『秘闘』
2010年6月
講談社文庫

第七巻
『隠密』
2010年12月
講談社文庫

第八巻
『刃傷』
2011年6月
講談社文庫

第九巻
『召抱《めしかかえ》』
2011年12月
講談社文庫

第十巻
『墨痕《ぼっこん》』
2012年6月
講談社文庫

第十一巻
『天下』
2012年12月
講談社文庫

第十二巻
『決戦』
2013年6月
講談社文庫

〈全十二巻完結〉

前夜 奥右筆外伝

併右衛門、衛悟、瑞紀《みずき》をはじめ
宿敵となる冥府防人《めいふさきもり》らそれぞれの
「前夜」を描く上田作品初の外伝！

2016年4月
講談社文庫

上田秀人作品◆講談社

天主信長

〈表〉我こそ天下なり
〈裏〉天を望むなかれ

本能寺と安土城、戦国最大の謎に二つの大胆仮説で挑む。

信長の死体はなぜ本能寺《ほんのうじ》から消えたのか？　安土《あづち》に築いた豪壮な天守閣の狙いとは？
信長の遺《のこ》した謎に、敢然と挑む。文庫化にあたり、別案を〈裏〉として書き下ろす。
信長編の〈表〉と黒田官兵衛編の〈裏〉で、二倍面白い上田歴史小説！

〈表〉我こそ天下なり
2010年8月　講談社単行本
2013年8月　講談社文庫

〈裏〉天を望むなかれ
2013年8月　講談社文庫

講談社文庫　目録

歌野晶午　密室殺人ゲーム2.0
歌野晶午　密室殺人ゲーム・マニアックス
歌野晶午　魔王城殺人事件
内館牧子　終わった人
内田洋子　皿の中に、イタリア
宇江佐真理　泣きの銀次
宇江佐真理　晩鐘〈続・泣きの銀次〉
宇江佐真理　虚ろ舟〈泣きの銀次参之章〉
宇江佐真理　室の梅〈おろく医者覚え帖〉
宇江佐真理　涙堂〈琴女《ことじょ》癸酉《きゆう》日記《にっき》〉
宇江佐真理　あやめ横丁の人々
宇江佐真理　卵のふわふわ　八丁堀喰い物草紙・江戸前でもなし
宇江佐真理　日本橋本石町やさぐれ長屋
浦賀和宏　眠りの牢獄
浦賀和宏　時の鳥籠(上)(下)
浦賀和宏　頭蓋骨の中の楽園(上)(下)
上野哲也　ニライカナイの空で
上野哲也　五五五文字の巡礼〈魏志倭人伝トーク　地理篇〉
魚住　昭　渡邉恒雄　メディアと権力
魚住　昭　野中広務　差別と権力
魚住直子　非・バランス
魚住直子　未・フレンズ
魚住直子　ピンクの神様
上田秀人　密封〈奥右筆秘帳〉
上田秀人　国禁〈奥右筆秘帳〉
上田秀人　侵蝕〈奥右筆秘帳〉
上田秀人　継承〈奥右筆秘帳〉
上田秀人　簒《さん》奪《だつ》〈奥右筆秘帳〉
上田秀人　秘闘〈奥右筆秘帳〉
上田秀人　隠密〈奥右筆秘帳〉
上田秀人　刃傷〈奥右筆秘帳〉
上田秀人　召《めし》抱《かかえ》〈奥右筆秘帳〉
上田秀人　墨《ぼっ》痕《こん》〈奥右筆秘帳〉
上田秀人　天下〈奥右筆秘帳〉
上田秀人　決戦〈奥右筆秘帳〉
上田秀人　前夜〈奥右筆外伝〉
上田秀人　軍師の挑戦〈上田秀人初期作品集〉
上田秀人　天主信長〈表〉〈我こそ天下なり〉
上田秀人　天主信長〈裏〉〈天を望むなかれ〉
上田秀人　波乱〈百万石の留守居役(一)〉
上田秀人　思惑〈百万石の留守居役(二)〉
上田秀人　新参〈百万石の留守居役(三)〉
上田秀人　遺臣〈百万石の留守居役(四)〉
上田秀人　密約〈百万石の留守居役(五)〉
上田秀人　使者〈百万石の留守居役(六)〉
上田秀人　貸借〈百万石の留守居役(七)〉
上田秀人　参勤〈百万石の留守居役(八)〉
上田秀人　因果〈百万石の留守居役(九)〉
上田秀人　忖《そん》度《たく》〈百万石の留守居役(十)〉
上田秀人　騒動〈百万石の留守居役(十一)〉
上田秀人　分断〈百万石の留守居役(十二)〉
上田秀人　舌戦〈百万石の留守居役(十三)〉
上田秀人　愚劣〈百万石の留守居役(十四)〉
上田秀人　布石〈百万石の留守居役(十五)〉
上田秀人　梟《ふくろう》の系譜〈宇喜多四代〉
上田秀人　竜は動かず　奥羽越列藩同盟顛末〈(上)万里波濤編　(下)帰郷奔走編〉
内田　樹　下流志向〈学ばない子どもたち　働かない若者たち〉

講談社文庫　目録

内田樹・釈徹宗　現代霊性論
上橋菜穂子　獣の奏者〈I闘蛇編〉
上橋菜穂子　獣の奏者〈II王獣編〉
上橋菜穂子　獣の奏者〈III探求編〉
上橋菜穂子　獣の奏者〈IV完結編〉
上橋菜穂子　獣の奏者〈外伝 刹那〉
上橋菜穂子　物語ること、生きること
上橋菜穂子　明日は、いずこの空の下
上田紀行　ダライ・ラマとの対話
上田紀行　スリランカの悪魔祓い
嬉野君　黒猫邸の晩餐会
植西聰《あきら》　がんばらない生き方
海猫沢めろん　愛についての感じ
海猫沢めろん　キッズファイヤー・ドットコム
遠藤周作　ぐうたら人間学
遠藤周作　聖書のなかの女性たち
遠藤周作　さらば、夏の光よ
遠藤周作　最後の殉教者
遠藤周作　反逆(上)(下)
遠藤周作　ひとりを愛し続ける本
遠藤周作　深い河《ディープ・リバー》
遠藤周作　周作塾〈読んでもタメにならないエッセイ〉
遠藤周作　新装版 海と毒薬
遠藤周作　新装版 わたしが・棄てた・女
江波戸哲夫　新装版 銀行支店長
江波戸哲夫　集団左遷
江波戸哲夫　新装版 ジャパン・プライド
江波戸哲夫　起業の星
江波戸哲夫　ビジネスウォーズ〈カリスマと戦犯〉
江上剛　頭取無惨
江上剛　不当買収
江上剛　小説 金融庁
江上剛　絆
江上剛　再起
江上剛　企業戦士
江上剛　リベンジ・ホテル
江上剛　起死回生
江上剛　瓦礫の中のレストラン
江上剛　非情銀行
江上剛　東京タワーが見えますか。
江上剛　慟哭の家
江上剛　家電の神様
江上剛　ラストチャンス 再生請負人
江上剛　ラストチャンス 参謀のホテル
江國香織　真昼なのに昏《くら》い部屋
江國香織・文／松尾たいこ・絵　ふりむく
M・モーリス／江國香織訳／宇野亜喜良絵　青い鳥
江國香織他　100万分の1回のねこ
遠藤武文　プリズン・トリック
円城塔　道化師の蝶
江原啓之　スピリチュアルな人生に目覚めるために〈心に「人生の地図」を持つ〉
大江健三郎　新しい人よ眼ざめよ
大江健三郎　取り替え子《チェンジリング》
大江健三郎　憂い顔の童子
大江健三郎　さようなら、私の本よ！
大江健三郎　水死
大江健三郎　晩年様式集《イン・レイト・スタイル》

2020年6月15日現在